天津市科技成果转化奖励资金项目

橄榄球少女

恋上椭圆球

Rugby Girls: Matsuse Manabu

松濑学 — 著
植松由太 — 译
刘成龙 陶岩 — 审校

中国宇航出版社
·北京·

图书在版编目（CIP）数据

橄榄球少女 ：恋上椭圆球 /（日）松濑学著 ；（日）植松由太译. --北京 ：中国宇航出版社，2018.1

书名原文：Rugby Girls：Matsuse Manabu

ISBN 978-7-5159-1441-1

Ⅰ. ①橄… Ⅱ. ①松… ②植… Ⅲ. ①纪实文学一日本一现代 Ⅳ. ①I313. 55

中国版本图书馆 CIP 数据核字（2017）第 316307 号

责任编辑　赵宏颖　　　　**封面设计**　宇星文化

出版发行　中国宇航出版社

社　址　北京市阜成路 8 号　　**邮　编**　100830

（010）60286808　　（010）68768548

网　址　www. caphbook. com

经　销　新华书店

发行部　（010）60286888　　（010）68371900

（010）60286887　　（010）60286804（传真）

零售店　读者服务部

（010）68371105

承　印　河北画中画印刷科技有限公司

版　次　2018 年 1 月第 1 版　　2018 年 1 月第 1 次印刷

规　格　880×1230　　**开　本**　1/32

印　张　8. 125　　**字　数**　276 千字

书　号　ISBN 978-7-5159-1441-1

定　价　58. 00 元

本书如有印装质量问题，可与发行部联系调换

序幕 在大地震中

二〇一一年三月十一日，星期五，日本本州东北部发生“东日本大震灾”，这是日本有史以来经历过的最猛烈的地震，震级达到了里氏九级并引发海啸。气象厅虽然已及时发出海啸警报，但居民还是来不及反应，十米高的巨浪扑向东面沿岸数百公里的区域。数十个城镇和村庄、大量的汽车被卷进海中；渔船和游艇等则被冲入市内，撞上跨海桥梁，一座架空天桥倒塌，汽车一堆堆地掉进海里。

这场世纪大地震引发的海啸冲走数以万计的房屋，摧毁了当地无数家园，居民灾后要在庇护所、学校、运动场馆临时居住，给他们的日常生活造成了极大不便。

地震发生的时候，彩香（Ayaka）身在神户，从阪神电铁线的御影站徒步约二十分钟到名门神户制钢橄榄球队的练习场，她就是在这里追跑着椭圆形的球，这是日本女子橄榄球代表队的集训基地。

当日练习结束，有位熟稔的电视台工作人员气急败坏地走过来通知她们，东北地区发生了非常强烈的地震。听罢，彩香只感觉是：“听说是非常厉害，起初我无法想像地震的猛烈程度。”

但同时，彩香心头突然涌起一股莫名的不安，于是她拔足狂奔返回宿舍（即辻本司队友的老家）。这时各个电视都播放着地震灾难的新闻报道，彩香一时无法相信眼前看见的灾难画面。“当时被吓呆了！恐怖的大海啸，一辆辆汽车、一幢幢房屋……像小朋友放在浴缸里的玩具一样被水冲刷着，场面却真实得令人毛骨悚然！但我身在的神户市却异常平静，像是在做一场恶梦。”彩香说。

铃木彩香是日本女子橄榄球代表队的主力球员之一，生于一九八九年、身高一六八公分、体重六十公斤，身材不像一般健壮的橄榄球球员，反而拥有一副标准模特儿的苗条身型。

稍微染了色的秀发在球场上随风飘逸着，站在球场上的彩香，担任指挥作战的接锋（Fly-half）的角色，她熟练地控球，大声喊叫指令，又蹦蹦跳跳地做变向侧跑。

彩香看了新闻片段后，脸显得绷紧，心情忐忑不安，急忙拨电话到横滨市的老家，这时全国电讯线路大挤塞，根本无法接通。她惦记着家人的安全，再用手机发出短信，但仍得不到及时的回复，急得像热锅上的蚂蚁般坐立不安。担心了一个小时，终于收到妈妈纪子的回复：“这里大家安好，勿念，彩香你又如何？”彩香感到如释重负。

与此同时，她仍担心一位昔日接受橄榄球训练的关东学院大学橄榄球队队员，他毕业后加入了岩手县的“釜石海浪球会”，他身处的地方是否安全？这时，刚巧曾教导她带式橄榄球（Tag Rugby）的铃木雅夫教练（大家称呼他“叔叔”）发来了短讯：“在釜石的球员也安然无恙。”

幸运地，彩香的亲友、队员都没有因这次的世纪灾难而有伤亡，令她心里稍稍安定下来。但是，每当想起这次地震所造成的无数伤亡，彩香仍感到心绞痛。

彩香在宿舍内与辻本司闲聊。这位比自己大八岁的师姐在一九九五年中学一年级时曾经经历过“阪神淡路大震灾”。

彩香说：“师姐说了很多她的地震经历，例如当时食物和水中断了几个月，交通瘫痪，通往各地的高速铁路停驶，使她滞留异地，感到徬徨无助等，现在想起来还不寒而栗。”

彩香觉得，人类在大自然力量面前实在太渺小，有安稳的生活，才能真正享受橄榄球的乐趣。椭圆球的世界拥有平凡却宝贵的日常生活。

“灾难发生的时候，正在练习的我们，有着莫名其妙的感觉。我反问自己：在这灾难阴霾下，许多人受到艰难和悲痛，我们是否可以练习橄榄球呢？”

灾难后的第二天早上八点多，彩香与辻本司一起去神户的练习场。是日天阴，乍暖还寒的春风吹过来，更添悲哀的感觉。

由于地震后神户对外交通瘫痪，日本代表队的集训唯有按照原来计划进行。可能受地震影响，大家心情有点不对劲，烦躁、焦虑、不安，神情悲伤……

练习时，她们分成两组进行抢球，持球的队员受到扑搂（Tackle）时会立即倒地并组成拉克（Ruck）——即地上争抢球，提供下一个进攻的机会。因此，第二和第三个队友迅速上前推开清掉对方球员，这就是所谓的清人（Over）的练习。

清人时球员重心要低，并与队友紧贴一起，否则对方便有机可乘把球抢去。充满斗志的萩本光威教练比平时要求还要严格，在场上大喊着：

“你们有没有斗志啊？”

“不去支援队友吗？”

“你们忘记自己背着樱花吗？”

樱花是日本代表队的徽章，代表日本国家的尊严。既然是代表，就要有不屈不挠的精神。

清人、清人、清人，扑搂、扑搂、扑搂……不能抛弃队友，要记住橄榄球的宗旨“One For All，All For One”，我为团队，团队为我，大家要同心合力，做到最好。

彩香与对方猛力碰撞多次，头部十分刺痛，逐渐伸延至颈部，就算这样，她仍坚持向队友发出指令口号。

“既然要做练习，就要竭力去做，不集中精力的话，就会容易受伤。”

上午练习结束，浅见敬子教练征询各球员意见：“需要提早结束集训吗？如果大家担心震灾的影响，不如提前解散吧，看看有没有人想继续练习。”

彩香选择了继续练习，大部分的球员也附和。其中只有冨田真纪子要离队，她的家乡在千叶县舞滨市，地震引起了液体化现象，灾情较严重。

彩香在附近的便利店买了油炸豆腐皮寿司和一瓶茉莉花茶，就在更衣室吃了简单的午餐。下午的练习非常紧密和辛苦，彩香由于头痛得很厉害，退出了这节集体练习。

铃木彩香

安静地坐在球场一角的彩香凝望着远处队友们在追逐，感觉到眼前所拥有的一切都很宝贵。我们住在地球这么小的一个星球上，每天不停地重复着小小的活动而活着，深深感受到能打橄榄球的幸福和乐趣。

这次前所未有的大地震而引发的大海啸所造成的人员伤亡，人们所感受的悲哀和痛苦，使彩香替死难者哀悼，祈祷活着的人们平安无事的同时，又深思我们能做些什么？“毕竟，我只能打橄榄球。以前，我以为我只要做好自己本份已经是为大家好。可是现在想法有点不同，我想为大家，要更加努力地打好橄榄球。”

一个传球、一个扑搂都用心去做，拼命地追跑，都是向无数的死难者表示深切哀悼，也许给人家感觉自己有点自大，但作为日本代表抱着坚持不放弃的信念而挺身去做，也许能够鼓励孩子们继续努力。

“为了大家，一直为了大家，我想向伤感的社会注入一股正能量。一点一点地，一步一步地，就是要强化日本女子代表队。”彩香想，虽然自己的存在很渺小，但心中已开始燃烧着对橄榄球的一团火。

橄榄球少女，凭着她们各人的命运和几张笑脸，激烈奋斗的故事即将开始。

十五人橄榄球位置表

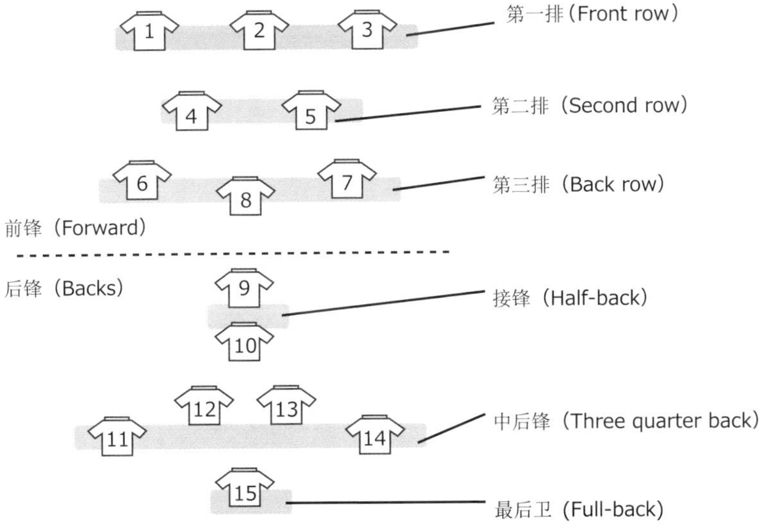
1
2
3
第一排（Front row）
4
5
第二排（Second row）
6
8
7
第三排（Back row）
前锋（Forward）
后锋（Backs）
9
10
接锋（Half-back）
12
13
11
14
中后锋（Three quarter back）
15
最后卫（Full-back）

号码	位置名		
1	左支柱 Loosehead prop	第一排（Front row）	前锋 （Forward）
2	钩球员 Hooker		
3	右支柱 Tighthead prop		
4	左闭锁前锋 Lock	第二排（Second row）	
5	右闭锁前锋 Lock		
6	左翼锋 Flanker	第三排（Back row）	
7	右翼锋 Flanker		
8	第 8 号前锋 Number 8		
9	传锋 Scrum–half	接锋（Half–back）	后锋 （Backs）
10	接锋 Fly–half		
11	左翼卫 Wing	中后锋 （Three quarter back）	
12	左正锋 Center		
13	右正锋 Center		
14	右翼卫 Wing		
15	最后卫 Full–back		

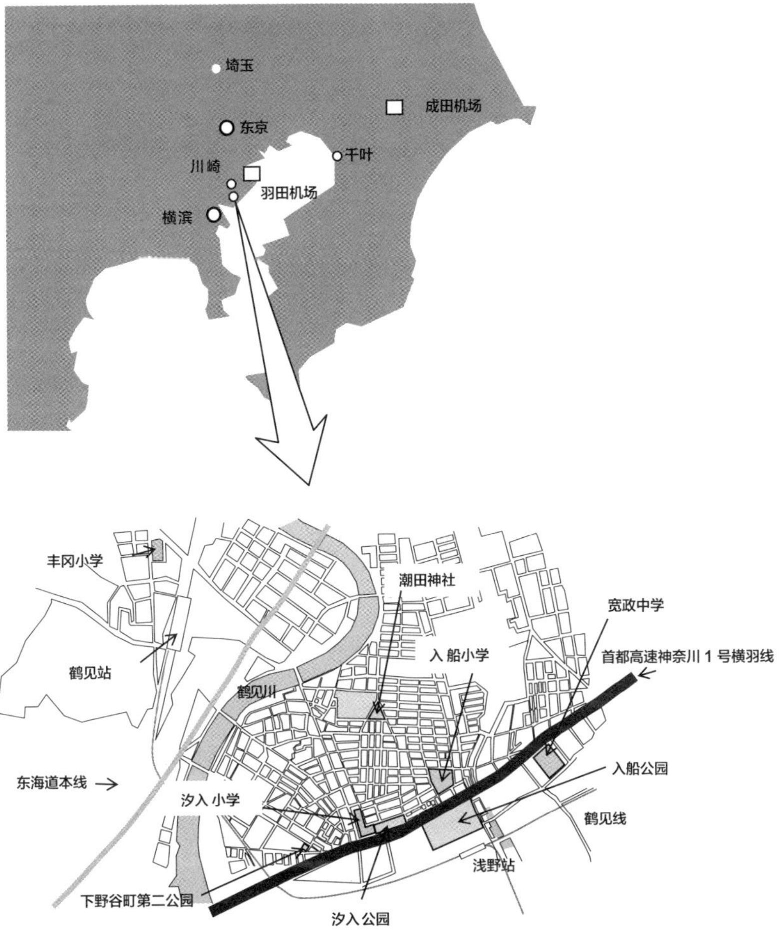
埼玉
东京
成田机场
千叶
川崎
羽田机场
横滨
丰冈小学
潮田神社
宽政中学
入 船小学
首都高速神奈川 1 号横羽线
鹤见站
鹤见川
入船公园
东海道本线
汐入 小学
鹤见线
浅野站
下野谷町第二公园
汐入 公园

目录

主要登场人物

Ayaka——铃木彩香，一九八九年出生于横滨，八岁开始打带式橄榄球，十岁开始打橄榄球。现在关东学院大学人间环境学部四年级。二〇一〇年三月被选为U23（二十三岁以下）日本女子七人橄榄球代表队队长。

Marie——山口真理惠，一九八九年出生于横滨，彩香的青梅竹马好友。日本女子橄榄球代表，现正在澳大利亚留学。

Keiko——加藤庆子，一九八八年出生于大阪，七岁开始打橄榄球。在日本代表队里与彩香、真理惠被称为“串烧三兄弟”。正在英国留学。

Yoko——铃木阳子，一九九三年出生于横滨，受到父亲铃木雅夫的熏陶，自幼开始打带式橄榄球及橄榄球。虽与彩香同一姓氏，但是没有血缘关系。

Masao Suzuki——铃木雅夫，一九五九年出生，在横滨市消防局工作。自二〇〇二年起，用工余时间作为教练到学校以“上门教学”的方式推广带式橄榄球，是彩香和真理惠带式橄榄球的启蒙老师。阳子的父亲，被橄榄球队员唤作“叔叔”。

Ayumi——川步美，一九九一年出生于横滨，与彩香属同一球会——横滨橄榄球协会。彩香被选为日本U23女子七人橄榄球代表队队长时，她也同期被选为代表。

主要登场人物

Hideo Suzuki——铃木英夫，一九五四年出生，彩香的父亲。

Mai Chan——渡边舞，与彩香、真理惠是青梅竹马的好友。

Mami——罔田真实，一九八〇年出生，十八岁时初遇橄榄球，是日本代表队的精神领袖，也是一名资深球员。

Akari——藤崎朱里，一九八四年出生，前职业排球选手。二〇一〇年参加春季女子橄榄球选拔合格后，成为女子橄榄球代表。虽然打橄榄球的经验尚浅，但于二〇一一年远赴香港作赛时担任队长。

Rinako Yokoyama——横山里菜子，日本女子橄榄球代表队选手。

Tsukasa Tsujimoto——辻本司，日本女子橄榄球代表队选手。

Chie Tanaka——田中智绘，前日本女子橄榄球代表。二〇一一年一月因遇上交通事故意外身故。

其他，女子橄榄球选手们及相关人士。

第一章 遇上带式橄榄球

鸡蛋球和带条的带式橄榄球

春天来了。

在东京青山的秩父宫橄榄球场，附近的粉红色樱花已迫不及待地绽放美丽，春风轻吹，树上的黄莺也高歌一曲伴唱着。

灰暗的天空，看不到太阳，但孩子们在雨后湿漉漉的泥地上，仍是生龙活虎、你追我逐地跑着，双手紧抱着像鸡蛋似的白色椭圆球，左闪右避拼命地向前冲。

“哇！”

“好快喔～。”

当女孩子头发飘飘地跑过时，在场边支持她们的男孩子呐喊着：“好棒～，跑啊！”

“右边，传球，右边。”

“*Tag！”（*解释：“Tag”是抢去对方的带条时发出的口令。）

球员腰部两边系着翩翩飘动的带条、亦被称为“Tag”，有红色、蓝色和绿色。被抢去带条的时候，要立即停下来把球传给队友，接球的男孩子就要马上向前跑。

有队员停下来，传球，接球。鸡蛋似的球在空中翻滚着，球员继续在场上跑，传、传、传，跑、跑、跑。

抱着球的女孩子向球场的角落奔跑并扑下去。

“Try（达阵得分）！”

二〇一〇年二月二十八日，星期日，是带式橄榄球的“第六届三得利杯全国小学锦标赛”。在日本全国有近二千支球队参加初赛，当中只有十六支胜出球队可晋级争夺锦标赛，所以每支参赛的球队都很强，速度很快，也很帅气。

带式橄榄球是没有扑搂的。橄榄球与足球不同，橄榄球可以用手传球和接球，亦能用脚踢球。但是带式橄榄球是禁止扑搂的，以夺取带条来代替扑搂，亦不能用脚踢球。由于没有扑搂碰撞，受伤的机会也相应减少，所以女孩子也可以发挥得淋漓尽致。

这次南关东代表小熊队是由神奈川县横滨市立汐入小学五、六年级的男女生组成。小熊队大部分是以前白熊队的主力球员，即汐入小学学生，他们曾夺得两次全国冠军。

由于今年球队有不少个子矮小的成员，因此顺理成章地把队名由白熊队改为小熊队来参赛。

顺道说声，由汐入小学三、四年级学生组成的球队称为灰熊队，一、二年级学生组成的球队称为爱哭鬼俱乐部，也许是因为他们年纪小爱哭的原因吧。

每场比赛时间是上半场七分钟，休息一分钟，下半场七分钟。

小熊队经过几场激烈的比赛，以刻苦训练培养出来的实力凌驾对手。

上半场结束，即中场休息的一分钟。一位小熊队的教练对他们说:“大家试想平时做的练习吧。我们不是一起做的吗？跟练习一样，只要发挥平时的水准就可以了！”鼓励着小球员。

这位教练就是曾是汐入带式橄榄球队的主力球员铃木彩香，绰号是 Ayaka，是现任日本七人橄榄球女子队的队长。作为指挥官，面对二〇一六年巴西里约热内卢奥运会，二十岁的彩香肩负着队友们的期望。

彩香在决赛前鼓励小队员。

就读关东学院大学二年级学生的她，身高一六八公分，体重六十公斤，浅茶色的头发长到肩膀，细长而水汪汪的眼睛炯炯有神，是曾在街上被模特儿公司邀请试镜的美少女，对恋爱完全没有兴趣，只迷恋橄榄球，情人就是橄榄球，打橄榄球才是彩香的青春。彩香的梦想是参加奥运会。

“P……。”哨子声长响，比赛结束。带式橄榄球与橄榄球一样，比赛结束被称为“No Side”。

双眼通红的彩香说：“叔叔（教练铃木雅夫）发怒的话，孩子们就会士气沮丧，所以我想说些可以激励他们斗志的话。想起自己小学时候，听到些鼓励自己的话，正能量马上提升，最后我都说出了‘大家尽情享受这场比赛吧’。”

顺带解释一下什么是带式橄榄球？

“它是我的起点。”

彩香闭上眼睛，追溯到十三年前首次遇上橄榄球的往事。

遇上带式橄榄球

一九九七年的秋天，当时八岁的彩香正读小学二年级，放学后在满地红叶的小公园里跟好朋友一起玩耍。

这个公园位于汐入小学和彩香家的中间，从小学蹦跳着走五分钟路就能到达属于横滨市鹤见区的下野谷町第二公园，他们称之为“第二”，彩香经常挂在嘴边“去第二玩吧。”

工业区座落在住宅区旁边，四周都有工厂烟囱冒出黑烟。附近看到首都高速公路的横羽线。公园的周围都是四层楼的公寓和民房，面积跟小型足球场差不多，内里设有红色、绿色、蓝色的秋千，黄色的长滑梯和红、蓝色彩鲜艳的攀登架。

公园大钟坏了，时针像交通警察指挥时的双手，每刻都指着三点整。男孩子坐在滑梯和长凳上玩电子游戏机，女孩子则坐在秋千上摇摇晃晃地一边吃点心，一边闲聊着。

有一天，住在附近的消防员叔叔，在公园中央用鸡蛋形的球开始玩捉迷藏。彩香忆述着当时的景象。

那位消防员叔叔就是当时三十八岁的铃木雅夫，身高一六〇公分，身材略胖，面带着和蔼可亲的笑容。他纯朴、率直、乐观和坚强的性格，是作为领导者的重要元素。推广及教导带式橄榄球是叔叔生命中重要的一环。叔叔在高中和大学时代已经开始打橄榄球，后来当了消防员也没有停止。这天是他参加神奈川县橄榄球协会主办的带式橄榄球讲座的第二天。

叔叔买了四套带式橄榄球用具，与太太恭子、小学一年级的长子健太郎、幼儿园的长女阳子一起试玩带式橄榄球。

在旁的彩香留意到，他们四人的腰部垂吊着两条以魔术贴贴住的带条，在公园里一边大喊一边追逐。彩香的好友小舞与叔叔相熟，她邀请彩香："我们一起参与吧。"

起初彩香拒绝，经小舞再次邀请，就勉为其难地答应了。

"叔叔，让我们加入吧！"

"好啊，你们几年级？"

"二年级。"

"是吗？比健太郎大一岁啊。"

开始是三人对赛。叔叔他们进攻的时候，三个人都把双手放在后面。不知球在谁的手上。拿去没抱球的人的带条就是犯规。彩香以为叔叔把球藏在后面，健太郎却把藏在后面的球抱在前面跑了过去。

彩香对赛跑蛮有信心，被夺去带条的时候仍向前奔跑到得分为止。"你的带条已经被夺走了，就要传球啊。"叔叔跟彩香解释。

当时小孩子的游戏主要是爬树、踢罐头的捉迷藏和"破克喷"。"破克喷"的玩法是有人做鬼，被鬼捉住的人要摸着一颗树木，伙伴一边喊着"破克喷"并接触那颗树木的话，"人质"就可以逃跑，玩法有点像踢罐头的捉迷藏。

彩香也擅长爬树，她会爬上公园角落的樱花树，在树枝上用木板建造自己的秘密基地。

"当时的我就是个爱玩的野孩子……。总是满身伤痕。我有一个大两岁的哥哥，所以我常常与男孩子一起玩。打带式橄榄球时我得分的话就很开心，不知何时开始迷恋上了带式橄榄球。”

平日有二三天，叔叔不用上班，就会举行带式橄榄球比赛。

彩香等放学后就到公园找叔叔，去玩带式橄榄球。公园沙地上用鞋底划出球场界线，分四人或五人进行比赛，大家的目标是成为“达阵王”，所以都争取多得分。

叔叔想起：“彩香取不到分数的时候就十分不服气，被人碰撞受到阻碍的话就哭起来。她性格强，但也是个爱哭鬼。”

汐入小学是“单一学校”，每年级只有一个班，应该是这个缘故，大家都很团结，一个朋友叫一个朋友来，一下子增加到四十至五十人，有矮个子、胖子、高个子和瘦小子。全校的一年级到六年级共有一百九十人，约四分之一的学生会来到这个公园玩带式橄榄球。

从此，带式橄榄球便成为汐入小学最受欢迎的活动项目，后来，这里更成为带式橄榄球的朝圣地。

“第二”成为日本带式橄榄球的发源地。

下野谷町第二公園

不会输给小恶霸

孩子们在下野谷町第二公园一边呐喊一边四处奔跑。冬天天黑得很快。虽然天已黑，孩子们仍继续玩带式橄榄球。大家玩得实在愉快，流连忘返。

可是，好景不长，公园附近的居民开始投诉：“太吵了！”也有自称居民委员会委员的人气冲冲地走来道：“你们的声音太扰人了，而且孩子们在这里玩的话会弄脏公园的。”

哪里来那么毫无理由的投诉？叔叔感到惊讶。

“本来公园就是小孩游戏的地方，怎么能说不要玩，不要发出声浪？他们投诉孩子们弄脏公园，事实上，掉在公园的垃圾全是成人留下的烟头、空啤酒罐之类的东西，根本与孩子们无关，他们真正的目的只是把孩子们赶走。”

从那时开始，每次练习之前，孩子们先捡走公园里的垃圾；日落之后，虽然有时大家情不自禁地兴奋大叫起来，随即会自动自觉地把食指贴上嘴巴，发出“嘘”声，互相提醒减低声浪。

除了居民委员会的投诉外，还有一群小恶霸也过来捣乱，当中有些更是居民委员会委员的孩子。

孩子们的世界也有派系纷争，加入不了带式橄榄球的孩子们会妒忌生事，故意借由练习棒球，乱挥球棒，或者借由踢足球来妨碍橄榄球练习。恶霸们反驳说：“我们也有权利在这里玩。”叔叔提议：

“那么，我们以民主的方法来解决，按人数分配公园面积范围。”

最终，玩带式橄榄球的人数以大比数胜出，自然占用的面积较大。那些恶霸们不服气说：“岂有此理！”还故意把橄榄球踢出去。

实际上，孩子们的世界也存在严格的辈份关系，低年级学生被逼做跑腿之类的琐事，即所谓的走卒，当走卒们沉迷带式橄榄球时，高年级学生就不满。

期间不断发生大大小小的纷争，有些孩子去补习学校之前到公园打带式橄榄球，会把载有学习用具的自行车停在公园旁边。练习完了，准备去补习的时候才发现，所有的学习用具都不见了，全被恶霸们收起或扔在路边，有的甚至把算盘扔到附近的鹤见川河里。

彩香特别幸运，没有受到高年级学生的欺负，这全是因为有大两岁的哥哥铃木勇毅的关系。

彩香解释说：“高年级学生对措词要求严格，就算孩子之间，跟高年级学生打招呼时，也要用敬语说‘○ × 先生’。可是我总是说‘阿○ ×’，但从来没有受到欺负。”

彩香喜欢打完带式橄榄球之后买零食，沿着公园前面的小路向左，然后右转就到了卖杂烩的店铺。在寒冬，她会拿着零用钱到杂烩店买三十日圆香肠、四十日圆萝卜、三十日圆墨鱼丸……。

“我每次买萝卜和墨鱼丸，店铺的阿姨经常免费送上昆布。我喜欢骑坐在自行车的座位上，与朋友们一边闲聊，一边吃杂烩。”

然后再与一些好友去隔一条小路的零食店，喝奥乐蜜 C 饮品，吃巧克力饼干。彩香特别喜爱吃名为“猪面”的小杯面。

铃木叔叔经常请他们吃东西。

“叔叔蛮大方，店铺阿姨跟叔叔说：‘你呀，不要太宠坏孩子们啊！’。叔叔便很不好意思！哈哈哈。”

一轮明月挂在空中，零食店的暖黄色灯胆发出柔和的光线照射着白色的橄榄球和叔叔、孩子们的笑脸。

在公园玩带式橄榄球的彩香(右二)，初时只属玩票性质，但后来越来越认真，并且参加各场橄榄球比赛（左起：叔叔、阳子、小舞、彩香、真理惠）。

无上光荣的专用带条

正式的带式橄榄球比赛场地是三十米乘四十米的球场。一个球队由五名主力球员及若干名替补人员组成。禁止接触碰撞，拿去称为“Tag”的带条相当于扑搂，以防守对方。当带条被拿去五次的时候，需交换进攻和防守。叔叔教导初次接触带式橄榄球的孩子们如何传球时，比喻为“扔鸡蛋”。

“带式橄榄球是似鸡蛋形的球，鸡蛋掉到地上就会摔破，所以摔破鸡蛋就是犯规。小心不要落地，小心控制，尝试用双手从下面往上扔球。”

练习时，叔叔尽量少说专用术语，对不擅长运动的孩子们，听到这些术语就会一头雾水。

“带式橄榄球有四条主要规则，只是有四条而已，与足球和篮球相比少得多，不像足球，不用脚踢球，也不像篮球，不需要运球，只要抱紧着球跑就行。”

四条主要规则是：

1.（Knock-on）球向前掉落在地上便是犯规；

2.（Forward Pass）把球向前扔便是犯规；

3.（Barging）撞到对方又是犯规；

4.（Off-side）最后一条规则就对女生来说最有利的，就是当传球到后面队友的时候，对方阻碍接球的话，便是犯规。

叔叔每次介绍四条规则后，也一定会这样说：一支队伍里有男孩子和女孩子的话，一定要由女孩子接第一个传球，而且所有的女孩子要大声喊并要求接球。

“带式橄榄球是大家都可以发挥潜能的运动。队友有困难的时候，大家要去支援。当队友抱球的时候，大家要跟着他。得分很重要，但是，导致得分的互相支援是更重要的。”

孩子们是天生的游戏王。公园范围太小，没有正式比赛专用的球场，只有小小的场地，孩子们就开始在狭窄的地方进行进攻。故意把自己的带条给对方拿去的那瞬间，擅长传球的队友接球，马上传球于外面的飞毛腿。

彩香差不多每次接第一个球。对橄榄球来说，这是决定策略的“接锋”位置，叔叔的长子健太郎在外围负责接球并奔跑。

彩香叫健太郎向没有对方球员的空位奔跑，同时叔叔的长女、矮个子的阳子也追上来支援。

叔叔回忆说道：“彩香从小开始就拥有非凡的传球天份，当她持球时会很快找到对方防守的漏洞，并诱使对方防守员靠近自己时，即向己方队友传出力度准确的球。彩香的判断能力很准确，她柔软灵活地变向侧跑，引开对手的注意力，这时候就会马上传球给外面的健太郎，这样就能轻易得分！”

同一天连续进行几场比赛，并记录每场比赛的得分数，用 A4 纸以“正”字记录个人入球及助攻次数。比如，彩香有五次得分的话，记录写成“正”字。每天由不同球员组成队伍，记录表钉在文件夹中，积累每个人的得分数，大家争相取得高分数，得分最高是健太郎，成为“达阵王”，因为他几乎每天都来参加比赛。彩香紧随其后追赶着健太郎的积分，一个多月后，健太郎突破了三百分，不久彩香也追上了。

达到了三百分的球员就取得自己专用的带条，像是柔道的黑带或剑道的达人证书之类。为了得到专用带条，除了三百分之外，还需要三个条件：会担任教练、会担任队长、会担任裁判。

彩香仍牢记着取得专用带条的那一天。他们的专用带条是叔叔的太太亲手缝制，在绿色长腰带背面用粉红色的线绣上她的名字“彩香”。

“我高兴极了，那是我的宝贝。”

专用带条，那是大家向往的光荣。

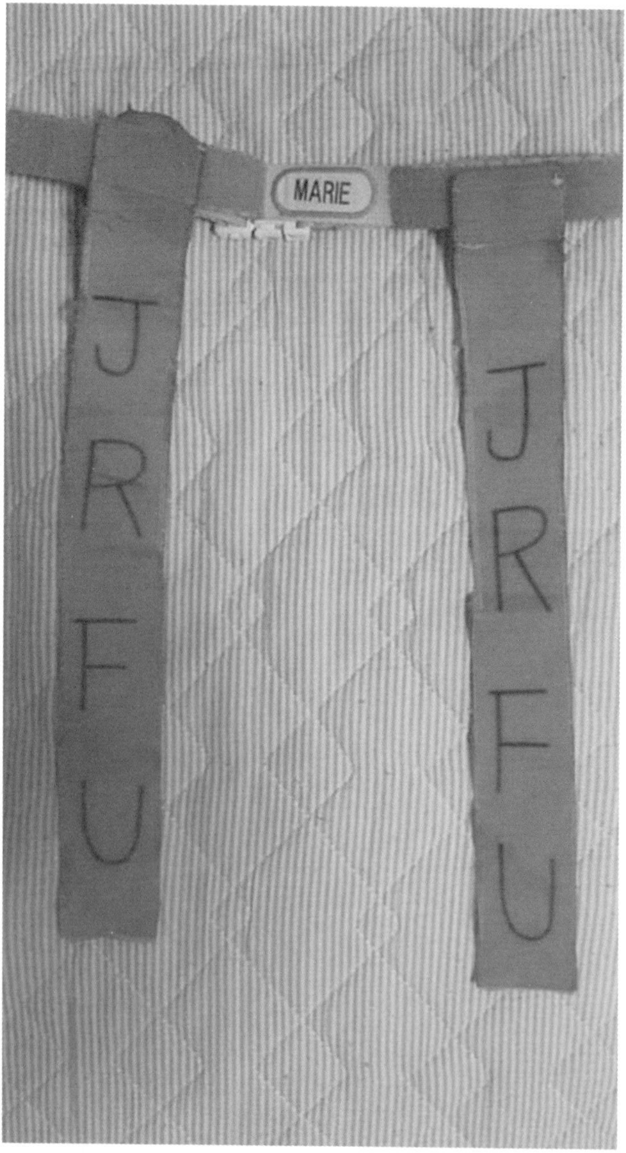

戴上由恭子夫人（铃木叔叔太太）亲手缝制的专用带条，是孩子们向往的荣耀。

铃木家的运动会

一九八九年九月三十日，彩香生于横滨市，是父亲英夫和母亲纪子的长女，比哥哥勇毅小两岁。取名“彩香”是因为母亲希望她是一个色彩丰富、魅力飘香的女孩子。

生于一九五四年的英夫，在家附近的蔬果批发市场的蔬菜商铺工作，每天早上三点半起床，四点之前出门。彩香小时候也总是跟爸爸一早起来，送别父亲说：“爸爸，你上班了。”英夫的身材瘦长，肌肉发达，一副健康脸色，彩香也有像爸爸的细薄嘴唇。他平时沉默寡言不爱说话，说起彩香的往事，他眯缝着眼镜后面温和的眼睛。

“在小学时，她跟我一起睡，小时候，还一起洗澡，可爱得不得了。”

铃木家很重视体育运动，英夫小时候喜欢棒球，他在鹤见工业高中时代已热衷棒球，梦想打进“甲子园*”，一年级时已是正式选手，活跃的“一号游击手”（*解释：甲子园是位于日本兵库县西宫市的日本职棒阪神虎队主场的著名棒球场“阪神甲子园球场”，亦是日本每年春、夏两季举办全国高中棒球锦标赛的指定球场。因此，“甲子园”三个字几乎已成为日本高中顶级棒球的代名词，每名高中棒球员梦想打进去的地方）。

铃木家的客厅里，现在还挂着一张旧新闻报纸，报道他在高中三年级夏天的神奈川预选比赛的消息，变旧了的报纸上，刊登了一

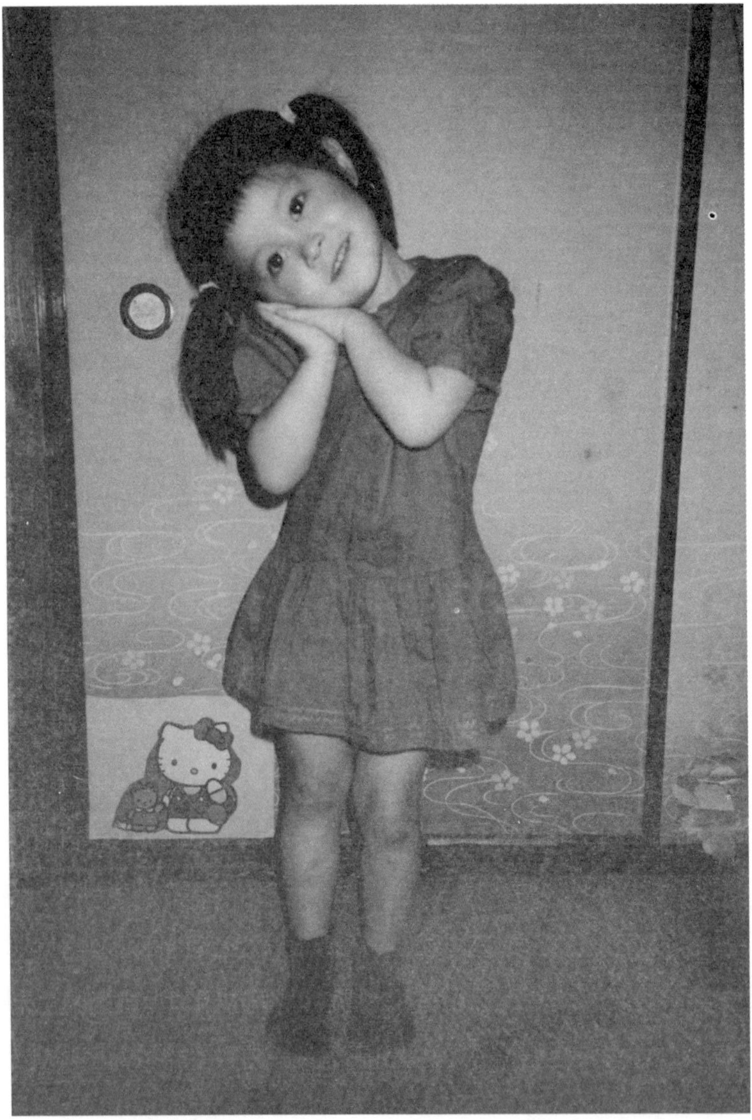

性格比别人更好胜的彩香孩童时拥有一双水汪汪的大眼睛，羡煞旁人。

张相片，就是当年十七岁的英夫，在对湘南高中的第三场比赛的第十局进攻的时候，他弯下腰，打出了决胜点的二垒打。

“棒球是我年轻时代的一切，也许有点自吹自擂，我是一个出色的球手，夏季比赛结束的时候肾脏出了点毛病，住院三个月后……那就完了！于是我想如果能进入非职业性棒球队就好。”

入选甲子园的梦想不能实现，从此就放弃了棒球。也许是这个原因吧，英夫比别人更加喜爱运动，对孩子们反复说：“学习不好不要紧，多做运动吧。”

“我对金钱看得很淡泊，我希望孩子们做自己喜欢的事情，我本身因为捱坏了身体，无法继续打棒球。希望孩子们坚持他们所喜爱的运动项目。”

每晚铃木家饭后必有的活动习惯，就是“玩球游戏”。把客厅中的黑色小桌子推近墙角，英夫坐在六张榻榻米的日式房间中央，把红色和黄色的彩球轻轻地扔到左右两边。半蹲半坐的彩香和哥哥勇毅接球之后扔回爸爸，反复这个动作，就是所谓的“两点投球”的棒球练习。

英夫有时加点假动作，有时故意扔远球，大家都玩得很认真。

“只是游戏，我觉得这样的玩法可以锻炼他们的体能和灵活性。彩香上幼儿园时就开始这种练习，假装向右边扔球却掉在左边，假装扔在前面却扔到后面，而且扔到他们一定接不了球的极限位置，我们都尽情投入地玩。”

有时，彩香冲力太猛，把自己的头撞到柱子而长出包，有时候甚至会撞破纸扇门。

“会穿破纸扇门，或弄坏东西，所以太太反对这种游戏，哈哈哈哈。”英夫说。

他们家的确很多东西已被破坏，但彩香兄妹的腰腿却通过这样的锻炼，增强了他们的灵活性和判断能力。

爸爸记得，彩香充满着顽强不屈的精神。“哥哥先接球的话，彩香就过来央求也跟着接；哥哥玩半小时，彩香玩一个小时也不想停，她玩得太开心，不舍得停。”

一家人晚上一起看电视棒球比赛直播，爸爸不支持巨人队、横滨队等对手得分的话，爸爸就开始大声地唱对手球队的支援歌，电视屏幕里的球员转跑一周的时候，彩香兄妹也兴奋地绕着小桌子走圈，彩香的幼儿园和小学时代，几乎每晚都举行这样小小的运动会。

铃木家的处罚

父亲英夫对儿女的教育方针很简单，不分男女，严格要求。就在彩香小时候，常与哥哥为了一些琐事而争吵，争看电视频道、争夺取电子游戏机或漫画书等等。兄妹关系好，只是不断吵架，勇毅与彩香一样，是一位拥有双眼皮的帅哥，高中时代属于棒球部，大学时代转打橄榄球，是一个运动发烧友。

“每次看电视，都与彩香三番五次地争换频道，首先惹怒妈妈，最后会被爸爸责骂并挨打。”

铃木家住在两层公寓的二楼，爷爷和姑姑住在一楼，每当兄妹俩吵架，爸爸就会非常生气，他们俩就被爸爸脱光衣服，赤条条地赶出家外。

无论下雨或下雪，家门都会被反锁。不仅是勇毅，彩香也会被爸爸扇巴掌，哭着道歉说“对不起”“不再干了”也没有用。如果兄妹俩被逐出屋外，总会跑进爷爷家睡一会，待爸爸怒气全消了，兄妹俩会用大浴巾包裹着赤条条的身体回家，嗵嗵地敲门：“请让我们进去吧。”

“爸爸发火时相当严格，有次我们吵架，爸爸曾把我们的游戏机和漫画书从二楼窗口扔了出去。”

勇毅四年级、彩香二年级的时候，跟平日一样，兄妹俩为了争看电视频道而争吵起来，“在我们争抢的时候，爸爸突然站起来，用手拔掉电视机的插头，然后又把电视机从二楼窗口扔了出去”。

电视机掉下来的巨响震遍周遭，他们俩又被脱得赤条条，赶出屋外。那个晚上，爸爸的怒火好不容易才平息。

这件事是否真实？当事人英夫已记不清楚，确实有把电子游戏机扔掉，但是电视机呢？“好像是我差点扔电视机的时候被太太喝止，当时我真的很生气，已想不起了。”英夫沉默一会，再吸一口烟，缅怀昔日的过去。

“彩香哇哇大哭，对我说：‘对不起，以后不再任性了。’为了让她反省，我就脱光她的衣服，她来道歉的话，我会原谅她。用溺爱教导孩子是不能令他们成熟的，所以我认为需要一些严厉的方法。”

“哈哈哈，我在小学的时候，冬天就是这样赤条条地被赶出屋外，托那个福，我的身体健壮了。”彩香继续追溯儿时的片段。

彩香的好胜心与哥哥勇毅的存在有密切的关系。从小就对哥哥不服输，她那颗不灭的竞争心成就了她的体能和正面思想。

例如，彩香家前面有个小公园叫三角公园，彩香、爸爸和哥哥三个人在这里练习棒球的投球。

爸爸和哥哥首先投球，彩香在一旁荡秋千，远远观察他们的动作。当哥哥休息的时候，彩香就跑到爸爸跟前说：“到我啦。”

爸爸抛球，彩香掷回球，反复投掷，彩香乐在其中，绝对不说停止。

“幸好彩香有哥哥作玩伴。”英夫感触地回想着。

彩香开始打带式橄榄球之后，有一次被铃木叔叔责骂一顿，哭着走回家。晚上她钻入被窝时，还是小学生的彩香压着脸到枕头里偷偷哭泣，因为自己发挥不好而被叔叔责骂，彩香很内疚。

英夫当时假装睡觉，没走过去哄彩香，只在她旁边祈祷。

“悔恨之泪会磨砺彩香，她一定会成为一个强壮的女子。”

好友三人组

小学放学之后，把背包扔进家门口，彩香即赶去第二公园。趁其他朋友们还没来到，系好鞋带，一个人开始慢跑，脸上感到一阵春风吹过，四月的春风仍带点寒意。新学期刚开始，不知为什么心情忽然高涨起来。这是接触带式橄榄球的第二个春天，又升了班，她的带式橄榄球技术也稍有进步，起码懂了传球的窍门，得分的机会也多了，“达阵王”的证明，专用带条也已拿到了。自己得分当然好开心，但是支援队友得分的时候更会感到雀跃。

“小彩香～。”

小舞来到公园叫嚷着，她是与彩香一起开始打带式橄榄球的好友。

渡边舞——彩香汐入小学的同班同学，住在附近，是一个爱笑、气定神闲的女孩子，小时候身体虚弱，喜欢在家里看书，玩娃娃。如没遇上带式橄榄球，可能如今仍躲在家中，不愿外出。可是不知不觉间，小舞与彩香一起喜爱上了带式橄榄球。

“叔叔还没来？”

“是啊，我们去找他吧。”

两个人拔足跑到叔叔家。

“叔叔～。”

打开家门，叫两三次，屋内就传来了叔叔的声音：“我在啊。”

原来叔叔刚从消防局值夜班回家，还在打瞌睡。

“叔叔，带条呢？”

“知道了，正在准备中。”

“快点啊，快点。”

“OK，OK，那么，把门口的球具拿去吧。”

彩香和小舞用双手抱起球和带式橄榄球用具，向公园方向飞奔过去。叔叔的子女，健太郎和阳子亦跟着跑，阳子小步蹭着跑，一个不留神，撞向彩香。

队友们也陆陆续续到齐，首先拾起公园里的垃圾，再在场上摆放碟子作为球标，就可以开始比赛。首先选出队长，分成两队，五人一组，有时彩香和小舞也会混在同一队。

比赛开始，一个球员传球给队友，彩香传慢球，“小舞，给你”。可是小舞不小心把球掉落在脚前。带式橄榄球有“Knock-on(前掉)”的犯规，经常前掉的小舞的外号就是“前掉大王”。

“小舞～！”彩香生气了。

可怕，真的可怕，怒声的最后好像附带着“发怒”记号。小舞就只懂傻乎乎地伸直脊背而站着，连忙说：“对不起……，下次一定把球接好。”

比赛时的彩香特别严厉，当比彩香小一岁的健太郎和别的男孩子正在犹豫该站在哪里的时候，彩香会马上大声嚷着说：“这边吧。”说罢，边抓住他们的脖子边拉走他们。

男孩子背后称她“鬼婆婆”，但对她又敬又畏。

小舞很崇拜彩香，觉得她是个好领袖，具有自己缺乏的坚强，虽然严厉，但很值得信赖，在最关键时刻总给小舞完美的传球。

在公园里，就能够投入带式橄榄球，完全忘掉所有苦恼和不愉快的事。

小舞心想：“啊啊，这里是我的安乐窝。”

其实，爸妈在家经常争吵，她当然不知原因。爸妈关系不好，家里的气氛不和谐，那很悲哀。

自从妈妈搬离家后，留下小舞去买东西、打扫房间、洗衣服，哥哥给小舞做午餐便当。

“由于家庭纠纷，我只能偷偷哭泣，不想呆在家里，又不能把家事跟彩香和朋友倾诉。在球场上打带式橄榄球，全心投入，完全能够忘掉这些不快的事情，我感觉到大家都需要我。”

小舞还有另一个好友，就是同龄的山口真理惠，她们三个人的家都在附近，总是一起玩，有时候会交换笔记簿和漫画书，圣诞节时，一起创作她们自己的圣诞歌。

有一次，小舞与真理惠相约一起亲手做情人节巧克力送给自己喜欢的男孩子，可惜失败了。

真理惠与彩香同样好胜，有自己的主见，亦有领导能力。

小舞分析：“我本来是一个我行我素、不理会旁人的人，彩香和真理惠把我改变了，她们两个都乐天、积极，运动潜能也很强。”

明知这要求有点过份，但还是请小舞把她和两个好朋友用动物作比喻。小舞仔细地思考后，以为自己是熊猫，彩香是狮子，真理惠是猎豹。

好友三人组都热爱带式橄榄球，还积极参与迷你橄榄球和女子橄榄球，特别是“狮子”和“猎豹”，齐齐成功登上了日本代表之位。

像是一个美丽童话的故事。当然，三个少女不同的历程，发生了以后各种各样的事情……。

如今仍然是好友三人组的（左起）真理惠、小舞、彩香（2015 年）。

挑战橄榄球

春天将逝，樱花凋谢，迎来炎热的夏天，大家盼望的暑假来了。

汐入小学的学生组成了几支球队，进行了几场比赛，大家彼此竞争，赢几场，输几场，有人做达阵，有人做助攻。

和朋友们比赛也有乐趣，可是彩香想这时应该与一些校外的队伍进行交流，于是她向叔叔提议。

“要是参加带式橄榄球比赛，我们有机会拿冠军吗？”

“当然有机会啊，你们已经相当厉害啊。”

“那么，我想参加比赛。”

于是叔叔向神奈川县协会和横滨外国人球会 YC & AC 洽谈，邀请他们合办锦标赛。

汐入小学组成“汐入带式球会”，参加的球队除他们外，并没有其他专门打带式橄榄球的球队，横滨和相模原橄榄球学校特别派出球员来参加这次带式比赛。

男女球员各半的汐入带式球会实力很强，轻松压倒了球员全为男生的橄榄球学校球队。橄榄球学校球队有个小胖子说：“要是用扑搂式的橄榄球来比赛的话，汐入就会全军覆没。”

这番话令充满斗志的彩香极为反感，彩香心想：“你敢再说一次，我就要跟你比橄榄球。”

彩香疑惑着：“叔叔，我们打橄榄球也应该有机会胜出吧？”

叔叔说："有扑搂，很危险啊。"

彩香听后无惧地说："没关系，可以，可以，我想打扑搂式橄榄球。"

叔叔反问："可是，彩香，你有信心做扑搂吗？"

彩香说出要点："很简单吧，带式的话，停下来才能夺取带条，反而扑搂是可以撞向对方的吧。"

叔叔点点头："没错。"

几个星期后，彩香她们加入了 YC&AC 球会，叔叔首先要她们练习扑搂。

"千万不要看对方的脸，要看对方的肚脐。向平时带着带条的部位全力冲撞过去，非常刺激啊～。"

向腰部，不是用肩膊碰撞，而是用双手抱住对方腰部。紧紧地抓住对方身体的任何部位，都可以把一个高大的男生摔倒。

叔叔还跟她们说："扑搂需要勇气。"就算只有一次也好，也要鼓起勇气去试一下。

勇气，听起来很动听。一有勇气，任何扑搂都不觉得害怕。一次成功的话，下一次也会成功，甚至以后都可以成功。

对彩香她们来说，最有纪念性的第一场比赛是一九九八年九月十三日在 YC&AC 球会球场举行的。那天雨刚停，场地满是湿漉漉的泥泞。

小学三年级的彩香跟健太郎他们加入了迷你橄榄球队，球衣设计与昔日国家代表队几乎一模一样，是红白的横格花纹。

彩香很快就得分了，她回忆起那段愉快的往事。"当时比赛场地满布泥泞，我心里觉得有点糟糕。哈哈哈，虽然我不懂大部分的规则，我却一点也不害怕，好像闪电间就赢了比赛，就是这么简单吗？我持球时，一点都不给对方机会碰到，就攻破了对方防守。”

这场比赛是大胜，扑搂也做得很好，健太郎捉住对方的时候，彩香撞到对方的侧腹。

决赛中汐入与最有实力的横须贺学校打成平局。

彩香记得听到很多掌声和喝彩声，记得 YC&AC 的教练表扬他们的情景。从那以后，彩香也爱上了橄榄球。

彩香开始平日练习带式橄榄球，周末打橄榄球，汐入的孩子都很擅长这两种项目。

迷你橄榄球比赛前，双方站在中线面对面列阵。汐入的孩子比橄榄球学校的孩子矮一个头，不，应该是矮两个头，但汐入队并没有输掉比赛。

叔叔回想着

“橄榄球学校得分的策略就是向彩香等女队员碰撞两三次，用力取分。不过彩香及队友的打法就像打带式橄榄球一样，受到扑搂的时候会继续传球和支援，或者不给对方机会接触身体而穿过防守，所以总是赢到很多分。”

汐入球队连场胜战，彩香脸上浮出充满自信的笑容说：“最大的满足就是能打败男生。”

彩香无惧挑战，抱着橄榄球穿过对方重重拦截。

彩香与其他队伍进行带式橄榄球比赛。

什么是迷你橄榄球?

迷你橄榄球和少年橄榄球都是小孩子打的。

橄榄球的规则很复杂，最初彩香也这样想，可是打起来时，发觉并不困难。

基本上，它是跟捉迷藏玩法一样，持球的时候为了躲避“鬼”，找没有“鬼”的地方跑就行，如果你不想受到扑搂，要想想如何避开接触，叔叔教的方法就是一种，“向空位跑！”

如跑到界边没有空位的话，与另一负责接球的队友交叉，并在交叉点传球，就能够穿破空隙，这种攻略叫交叉法。做交叉的时候，前面的对手会被吓一跳，那时大家会很雀跃。

“平时不需要特别做交叉练习，比赛时自然会运用。应该是受带式橄榄球的影响吧，她们不想被对手抓住，如遇对手强烈压迫，传球时就要越过旁边的队友。所谓的超越传球也会做，这是靠一瞬间的判断决定的，就是玩带式橄榄球培养出来的。”叔叔解释。

叔叔说，只要以自己最大的能力向前奔跑就行，“试试全速向前跑”、“运动会时，都是准备……跑，以那样的全速向前跑五米就可以了。”

或者，抱着球加快速度穿越两个对方球员之间，那两个球员就会“越位”犯规，越位的球员不能继续比赛，像被“鬼”抓住似的，然后再传球给队友。

“到底什么是越位？”有一次彩香问叔叔。

“简单来说，阻碍对手传球的位置就是越位。越位的球员不能继续比赛，进攻的时候，站在持球者前面的队友便是越位，所以，接触到球，就变成犯规。”

可是，彩香有时候弄不清越位，球掉地上，在人群杂乱的时候，被裁判吹哨子宣判自己越位。明明我是从队友后面进来，不知为什么还是越位了？

“那种大家挤在一起的状态叫做拉克（Ruck，地上争持球）。进入地上争持球的时候不能倒在对方那边，第一队友上前保护倒地的队友，第二、第三队友推开对方球员，其他队友亦一定要退后到最后，然后从第二、第三队友后面向前推进。总之，不要想得太复杂，尽量从后面推前，把对方球员推走……就可以了。还有，你抱着球落地的时候一定要放开球哟。”

迷你橄榄球也有人数规定，小学一、二年级的低年级与带式橄榄球一样有五个人（前锋一人，接锋一人，后锋三人）。三、四年级的中年级有七个人（前锋三人，接锋一人，后锋三人），五、六年级的高年级就增加到有九个人（前锋三人，接锋一人，后锋五人）。球场面积也有规定：低年级是四十米乘二十八米之内，中年级是六十米乘三十五米之内，高年级是六十米乘四十米之内。年级越高，球场面积也相应越大。

橄榄球比赛中有轻微犯规的话，就要组成斗牛（Scrum）重新开始比赛。而带式橄榄球没有斗牛。

叔叔比喻双方挤在一起互相推挤的斗牛为“挤香油游戏”，练习斗牛时说：“我们玩挤香油游戏吧。”

“组成斗牛的时候，不能推撞，推撞就犯规。组成斗牛的时候绝对不能低着头，要把头抬起。”

“把头撞过去的话，是否会受伤？”彩香很担心。

“小学生橄榄球是安全第一，迷你橄榄球是禁止推动式的斗牛，低年级的斗牛动作只有一个前锋球员互相轻轻抓住对方的球衣，轻轻接触头部而已。中年级和高年级的话，也只有每队三个前锋球员彼此抓住对方的球衣来组成斗牛，这时候，大家的头和肩膀绝不能低过腰部。”叔叔笑着说。

彩香与胖子组成斗牛时，她明显地摆出厌烦的嘴脸，“因为那个家伙发出‘嘘嘘呼呼’的呼吸声”。叔叔笑着说：“不用理他吧！”

迷你橄榄球的比赛时间比带式橄榄球长，低年级的比赛半场不超过十分钟，中年级半场是十五分钟之内，高年级的半场是二十分钟之内。即最长的比赛是上半场二十分钟，休息五分钟，再打下半场二十分钟。

虽然汐入小学的学生大多个子矮小，但由于平日练习带式橄榄球的关系，大家控制球和互相支援的技术水平都相当高，冲越空位（跑去没有对方的空位）便可以躲避对方的扑搂，就算受到扑搂，也可以传球给队友。传球时，也可以把球旋转，像火箭般旋转飞到十米左右。

“平时练习带式橄榄球的球员，橄榄球技术中的扑搂技巧也相当高。”叔叔带着得意洋洋的表情说。

汐入小学球队会为观众带来紧张刺激的比赛，他们似乎把球注入了生命，在球场飞来飞去。小球员传球之后立即去支援其他队友，好像爆玉米花般，在整个球场到处跑，大家脸上都充满自信的笑意。

虽然带式橄榄球和橄榄球打法上有很大区别，但彩香都同样喜欢。

受伤亦不会屈服

迷你橄榄球虽然是安全第一，可是有时候也会有受伤事故，球员亦都需要忍耐疼痛。

彩香不会忘记那一天。

二〇〇一年的晚秋，小学六年级的彩香在东京武藏野陆上竞技场，与叔叔、健太郎等球员参加迷你橄榄球比赛。

“我们的表现相当好，得到很多分，我表现比较突出。也许是因为这个原因吧，对方球队特别针对我。”

那是第三场比赛，彩香传球的一瞬间，对方队员小胖子猛然撞过来，两人一起跌落在地，小胖子压在彩香身上。

彩香感到左脚疼痛，原来左脚踝扭伤了，她无法站起来，比赛需要暂停。彩香蹲在地上哭的时候，叔叔跑过来问：“你怎么了？”

彩香强忍痛楚地说：“我脚痛得很厉害。”

叔叔担心地问：“怎么办，继续吗？还是退出？”

彩香不甘就此退出比赛，心里不停地说：“继续，一定要继续。”这样退出的话，意味着输给叔叔，也输给对方，更加输给自己，绝对不能接受。

彩香坚定地说：“我继续打。”

用冰块敷在脚踝，拐着脚继续那场比赛。

“彩香得到好多分，好像变成一个‘鬼神’，受伤之后还得了五分左右，每次都是避开对方而得分，一点也不像刚受伤的样子，感觉有点奇怪。”叔叔回想。

比赛结束，小胖子的妈妈过来向叔叔道歉。

“这个女孩子打得相当好。”又向彩香问道：“你没事吗？”

“被你儿子撞得那么厉害，怎么会没事呢？”那位阿姨的说话刺激了彩香本要消沉的斗志。

她用绷带紧紧地固定左脚踝关节后，还打了两场比赛。

“我鼓励自己说这点伤算什么？那时可能肾上腺素上升吧，脚不觉得疼，只是两场比赛而已。我自己觉得打得算不错。”

比赛全部结束，汗水流干，身体开始感到冰冷，这时左脚踝泛起一阵阵的痛，彩香穿上深蓝色的外套，一拐一拐地走到球场外面的巴士站，橙黄色的夕阳非常夺目。那时，一对老夫妇向彩香走过来，婆婆和蔼可亲地跟彩香说：“你的脚没事吗？”

彩香礼貌地说：“有点疼，可是没问题。”

婆婆笑容满脸地赞赏说：“哈哈哈，我们看了你刚才的比赛，我们也精神充沛起来。”

老伯接着说：“是啊是啊，我们成了你的球迷。”

第一次听到陌生人赞美的话，寒冷的风吹上脸颊却感觉无比温暖，彩香如今还能想起那对老夫妇慈祥的笑脸。

“我很感动了，毕竟有人留意我的表现，高兴得不得了。”

那天是彩香人生中难忘的回忆之一，从那天起，每逢比赛时彩香都更加努力。只要尽力去打，除了队友外，还有素未谋面的支持者也会因此感动，当她这样想的时候，神秘的力量就会从“肚里”涌出来。

可是，那天在东京武藏野陆上竞技场比赛中受伤之后，脚踝的伤成了经常容易触发的旧患。

第二章 迈向大海

迈向大海

彩香的小学时代是以打带式橄榄球为主。彩香在上学的时候，代表汐入小学球队在神奈川的小学生比赛中一场都没有输过，对方的橄榄球学校虽然已派出强队，还是敌不过汐入。

汐入小学球队的主力球员有彩香、真理惠和小舞的好友三人组，以及铃木雅夫的长子健太郎等男孩子，传球、防守，大家都配合得天衣无缝。

他们主要的得分策略是这样的：首先，彩香持球，叫着“小舞～”传球给小舞，小舞的外边有健太郎和另一个男孩；小舞手持橄榄球向空位跑去以引开对方两名球员。对方抢去小舞的带条的时候，对方要把带条还给小舞，这时对方少了一个防守球员，自然有隙可乘，这时健太郎或彩香跑到这个空位来接球，他们高叫“小舞！”要求传球。彩香再加速跑一段距离来造出新的空位，故意改变方向再将最后的球传给外面的真理惠，真理惠冲破防守向阵线一直跑，猛地一扑，“达阵！”

“我们球队有特定传球程序，各队员也有自己的角色，彩香擅长传球，真理惠可以闪电间加速跑。彩香传最后一个球给真理惠的时候，我们已清楚准备好前面无障碍的跑道，这条跑道被称之为‘真理惠之路’。因为真理惠跑得很快，对方没可能触碰到她，所以这样的部署，真理惠必定取得达阵。”小舞解释着。

达阵后，真理惠与彩香会击掌，而准备下一个防守的小舞喊“好球！”时，真理惠就会轻轻举起右手。

小舞印象最深刻的是中学一年级暑假时参加山形县的比赛，那是她们第一次参加全国的带式橄榄球锦标赛。

“平时只是在公园或小学校园练习，与校友、朋友们比赛，参加过最大型的比赛也只是神奈川县举办的锦标赛而已，那次对我们来说是走出我们的小圈子，去看外面的大世界，我的心紧张得怦怦直跳。”

还有一个秘密——最初叔叔申请参加的是高中生以上的级别的比赛，但山形县橄榄球协会的负责人却提醒叔叔：“我们也有少年部的比赛，你们申请少年级别的比赛吧。”但在场有位认识汐入球队的橄榄球协会朋友却说：“汐入的球技出类拔萃呢！”并向主办协会推荐汐入到高中生以上级别参赛。幸好有他的提点，汐入才可以与高中生一起比赛。

那位“日本协会的朋友”是如今已故的石塚武生，他曾经是日本橄榄球代表选手，亦是传说中的“火焰扑搂手”，也是叔叔的偶像。

到了山形县新庄市，那天下着大雨，汐入球队被安排入住平民宿舍，小舞与彩香、真理惠同房，是一间只有六张榻榻米大小的房间（日本房屋尺寸以榻榻米张数计算）。

房间只有两张床，另有一套床上用品铺在沙发上。当晚，她们就把两张床拼贴起来，三个女孩子就做“川”字形睡在一起。

彩香睡在中间，夜里传来哗啦的雨声，也许是因为担心明天的赛事而忐忑不安，三个人都睡不着。

“雨，还没停。”

“明天的比赛能赢吗？”

“一起加油吧！”

“我们可以吗？可以吗？”

跟平时不一样，特别紧张的却是彩香。深夜，真理惠起床泡了一杯热茶，彩香则在房里拨电到横滨，想听一听妈妈的声音。

“我当时觉得‘咦，原来彩香也会紧张啊！’，因为她是队长，好像在深思明天比赛的事。原来她也有心思细密的一面，当她带领我们打球时，完全感觉不到的。我想她比别人所受的压力更大。”小舞觉得奇怪。

“第一次三个女孩子出门远行来到这陌生的地方，脚踝又扭伤，心里忐忑不安，那时候三个人中最紧张的应该是我。”彩香回想。

第二天，雨停了，球场像水稻田一样，全是湿泥地，场上出现很多只像小手指般大的绿蛙，到处跳来跳去。

场地虽然全是泥泞，却并没有影响汐入队的发挥，汐入队的成绩仍是很彪炳，他们战胜了与他们比赛的所有球队。决赛时对方队伍由高中生和老师组成，全部都是大男孩和成人，但却在湿泥球场上滑倒多次，而灵活且平衡力强的汐入球员几乎没有摔倒，轻松自由地在场上奔跑。比赛结果是汐入队大分数胜出，但比赛进行时，小舞反而担心踩到场上的小绿蛙多于攻破对方的防守。

“那天，每场比赛完毕后，我总是认真检查钉鞋底，看看有没有踩到绿蛙。”小舞惊恐地说。

比赛结束后，颁奖典礼上，小舞、彩香、真理惠、健太郎和阳子等都戴上绿加红边丝带的金牌，石塚先生还轻轻抚摸着他们的头，实在是太美好的回忆。

小舞家里现在还摆放着这枚冠军金牌。

“当时大家都走过来恭喜和表扬我们，说我们是了不起的学生，那枚金牌和比赛过程都是我的珍贵回忆，那天也是汐入球队踏出‘迈向大海’的第一天。”小舞兴奋地回忆着说。

彩香第一次参与的大型比赛在山形县举行，虽然赛后满身泥泞却拿了冠军！
与“火焰扑搂手”石塚先生合照。

长崎物语

扩大，扩大，扩大世界。

在山形县“迈向大海”之后，汐入带式橄榄球球队收到了九州橄榄球协会的邀请，作为比赛嘉宾出席在长崎县佐世保市举行的带式橄榄球比赛——九州大会萨尼克斯（Sanix）杯。

“有一位九州的老师在山形县看到了我们的比赛，就被迷倒了。‘带式橄榄球很好，大人和孩子们都可以一起玩’，好想在九州宣传带式橄榄球。”叔叔加以解释。

二〇〇二年十二月，汐入球队来到佐世保市，跟第一次出征山形比赛相比，叔叔、彩香、真理惠、小舞、健太郎和阳子这次都轻松得多。由羽田机场出发到佐世保机场，又是下着大雨，他们上了大会安排的巴士，直驶往豪斯登堡主题公园附近的酒店入住。

这天是星期天，天气晴朗，比赛场地是在佐世保市花高小学校园。开幕典礼时，主持人介绍他们为“东北带式冠军”，叔叔还向观众说：“今天带了七个武士，每个人都各有不同的精湛打法，请大家细心欣赏。”

由于汐入球队队员都是小个子的男女生，所以当时汐入球员都感觉到九州的观众眼中带着奇怪眼光，并露出“他们有什么了不起？”的表情。

汐入球队参加的是成人比赛，比赛刚开始，在旁的观众大感诧异，对他们的表现投以难以置信的表情。

“怎么样？”彩香及队友们对此等转变都沾沾自喜。

汐入球队已领略到如何赢出带式橄榄球的秘诀，个子矮小的阳子或小舞会向对方两防守员的中间位置跑去，她们被抢去带条的时候，擅长传球的彩香马上接球，再传球给跑得更快的真理惠或健太郎，这样就容易冲破对方防守，因此汐入球队赢了很多分。

初赛到最后，迎来了与萨尼克斯（Sanix）球队的比赛。萨尼克斯球队是属于日本橄榄球甲级联盟的精英球队，有曾担任新西兰代表的著名选手，如杰米・约瑟夫（Jamie Joseph）、格雷姆・巴舍普（Graeme Bachop）等。虽然橄榄球和带式橄榄球规则不同，橄榄球选手与带式橄榄球选手的实力也有“大人和孩子”或“大人和娃娃”般的差别，但这次比赛的结果都是打和。

当初带着玩票心态参赛的杰米・约瑟夫和格雷姆・巴舍普，赛后对汐入队精彩的表现也感到惊讶。虽然平时很少接触带式橄榄球，但竟然赢不了日本的小学生，作为前新西兰全黑队（All Blacks）的代表，感到极度羞愧，无地自容。

但是，汐入小球员对打和的成绩亦感到不满，原因是比赛前，叔叔已经跟他们讲解过新西兰代表以往的辉煌战绩，所以他们觉得对手这次比赛打得不认真，“他们有点轻视我们”，彩香她们认为。

决赛又遇上了萨尼克斯球队。比赛前，汐入的小孩子跳了一支战舞，这支战舞用新西兰语音译为哈卡舞（Haka），是新西兰毛利族的民族舞蹈。战场上，战士们会用这个舞蹈来展示自己的实力，威吓敌人，也是激励战友士气的舞蹈。

新西表全黑队（All Blacks）在国际比赛前，就会齐齐跳这哈卡舞，所以在橄榄球世界是很有名的舞蹈。叔叔和健太郎都是全黑队球迷，之前在香港看七人橄榄球赛时，已现场感受到哈卡舞的气势，简直是一睹难忘，当时已大胆向其教练问：“我们能否模仿你们的战舞？”

“我跟教练说：‘我们也希望在球赛前激起士气，跳跳哈卡舞。’教练即时欣然答应：‘如你们是认真的，当然可以！’就这样批准了。”叔叔语气中难掩那一丝兴奋之意。

从此之后，汐入球队每逢比赛进入战斗状态，他们必跳哈卡舞。在萨尼克斯面前跳战舞，杰米·约瑟夫、格雷姆·巴舍普也被吓了一跳。

卡玛特！卡玛特！

考噢拉！考噢拉！

卡玛特！卡玛特！

考噢拉！考噢拉！

比赛在你争我夺的得分中开始，这回，萨尼克斯打得相当认真，格雷姆·巴舍普试图抢夺传球，得了许多分，汐入也进行反击，全神贯注接球，努力奔跑得分。

当分数打和，比赛快要结束的时候，格雷姆·巴舍普捡起前掉并作出一个长传，可惜队友没有接住。汐入的拓哉把握机会捡起橄榄球，立即传球给健太郎，健太郎亡命般地一直跑到达阵线并得分。

八比七，汐入竟然赢了……真不敢相信这是事实，经过一轮苦战之后，汐入队终于夺得了冠军，对方虽然是混合球队，但毕竟是有新西兰国家队代表参与的球队……这简直是千金难买的大胜利啊。大家都欣喜若狂！彩香等被当地球迷热情地围绕着，要求握手或索取签名，大家对这群小孩子都刮目相看，十分敬服。

萨尼克斯球队的新西兰教练特意过来祝贺，还特别指导了一些传球和转变进攻方向的基本方法，并赞美地说：“你们是一颗颗未经雕磨的钻石（即钻石的原石）。”

在佐世保的夕阳斜照下，汐入的孩子们感到无比自豪。那天晚上，他们在游乐园欢聚一起庆祝一番，尽情忘我地玩，也尝了很多当地土产店的试吃品。

“那是一次丰富又愉快的旅程，在山形和长崎认识了许多球员，把我的眼光和世界扩大了。”彩香忆述当时情景。

没错！橄榄球是个很好的交流工具。

到长崎比赛与偶像、前新西兰代表选手比赛。
（前排右起：真理惠、阳子。第二排右起：小舞、彩香。）

香港奇迹少女

追溯到二〇〇二年三月，彩香小学毕业，为纪念毕业与叔叔去了香港一趟，同行的还有叔叔的长子健太郎和长女阳子。

这是彩香第一次到国外旅行，带着兴奋的心情，经过四个多小时的飞行，即将着陆前，从机窗俯瞰脚下的香港，密密麻麻的全是高楼大厦，灯光璀璨。

那个星期正是香港国际七人橄榄球赛举行的日子，是世界最大规模的七人橄榄球比赛之一。彩香跟参加比赛的日本橄榄球代表队入住同一酒店，酒店大堂富丽堂皇，金碧辉煌。

“在酒店，我跟日本代表选手合照，香港的膳食也很好吃，我吃了中餐，甜品吃了芒果布丁，还吃了北京烤鸭！”彩香说。

香港国际七人橄榄球赛的前一天，香港橄榄球总会为本地球会举行了一个迷你橄榄球比赛，叔叔委托当地相熟的球会“香港灵猴迷你橄榄球会”，让彩香和健太郎加入比赛，让他们也能感受在港比赛的气氛。

第一场比赛，彩香根本没机会拿到传球，因为她中、英语言都一窍不通，虽然她拼命地喊叫“传球！”“传球！”，可是队友传的球都飞越彩香，被其他队友接到。彩香被叔叔责骂说：“再大声点！”可是怎么样大声叫喊，还是无法接球，彩香很生气：“为什么不给我！”

上半场快结束的时候，有一个队友拿着球跑过来，彩香走上前抢夺他的球，并加速跑过前面空位，在左角得分！她的得分扭转了比赛的胜负。接着，彩香持球的机会大增，她甚至在对手开球时抢先走上前接了球，全速前进，直闯达阵线。

“好棒～。”观众惊喜地大叫。

这支平时表现水平一般的球队胜出了。在半决赛之前，彩香上了洗手间，裁判竟然等她回来才开始比赛，彩香在短短的时间已经成为这支球队的灵魂人物。

彩香在球衣上擦着手跑回来时，叔叔骂着：“彩香，比赛快开始了，还不快点回来！”

“是你说可以去洗手间的……。”彩香不忿地说。

“我才不管，快点进去！”叔叔气急败坏地说。

“真是的，够了！！”彩香不甘被骂。

彩香急忙跑回球场，开球哨子吹响，彩香持着球，不顾一切地向前冲过去，这就是彩香。

“第一场比赛，作为新加入的球员，根本没有队友会放心传球给我，但随着我全程投入，拿出百分百的拼劲，又拼命地比赛，并融入球队，大家就会把球传给我了，虽然语言不通，也没有像外国人的感觉。”彩香回忆说。

决赛时，彩香有了两次得分。在一次进攻时扑搂到对方球员的胸口，将那位球员扑倒在地。比赛之后，举办单位主席走过来并表扬她说：“你被评为今年的 MVP（最优秀选手）。”

彩香的出色球技，令在场观众哗然，香港人称她为“奇迹少女”。

“彩香当日表现得很好，除了她自己，还与其他队员合作改变攻势，她带领一年来未胜出过的球队夺冠，我坐在观众席上亦能感受到比赛的紧张刺激的气氛。”叔叔补充道。

彩香亦示范着就算语言不通，也可以一起打橄榄球。

完成比赛后休息的时间，彩香教香港队友玩日本的玩意。大家围成一圆圈，有一个人做庄，一、二、三大家一齐出两边手指一指、两指……有人出的数字与庄家出的数字一样的话，那人就输。

彩香又在队友的手掌上画出代表日本之樱花标记，队友们都玩得兴高采烈。大家拍了很多照片， 成了好朋友。

“晚上大伙儿一起去香港岛的香港大球场参观七人橄榄球比赛，为了支持日本队，穿着红色的日本队服，头绑着白底有红日的日本国旗缠头布，非常愉快啊！”彩香忆述着。

“我一心只为看日本队的比赛而来，但亦会细心观察南北看台上人山人海的观众，人们穿戴着各式各样的奇装异服，有的扮鸡、有的扮卡通人物、有人男扮女装……整个大球场像是开嘉年华般，各人除了为自己心仪的球队打气外，亦夹杂着喝彩的欢呼声和热烈的鼓掌声。球场是一片绿悠悠的青草地，晚上被灯光照耀着，简直把我带进另一个世界，是童话的世界……。”彩香笑着说。

“叔叔只看着球场大荧幕上所拍的女士啊。”彩香把叔叔的秘密说了出来，大家都笑得人仰马翻。

三十万日元的旅费是爷爷替她安排的，彩香在香港买了一些伴手礼，送给爷爷和奶奶的是什锦巧克力，给妈妈的皮包是在女人街摊档买的，给父亲的是假名牌的锁匙包。

对彩香来说，这次香港旅游是很难忘的。

“我更有自信了，我体会到在我从来没有去过的地方也可以发挥高水准。”

彩香总是觉得，总有预感，有一天自己会穿着日本女子橄榄球代表的球衣比赛。

香港像童话里的世界般，把那个梦想变得更加现实，彩香内心涌着奇妙的感觉。

“我想成为日本代表选手，第一次有这清楚明确的念头。”彩香坚定地说。

把梦想变成目标，香港的夜风，轻吹在她暖呼呼的脸颊上，这感觉不错。

彩香首次到海外（香港）比赛就夺取了冠军！

与香港橄榄球总会董事露丝·米切尔女士合影照。

彩香在香港国际七人橄榄球赛观赛时穿起日本服饰支持日本队。
（从左边：灵猴迷你榄球会周太、彩香、阳子、健太郎）

感动的“上门教学”

衷心地感谢铃木教练，为了推广橄榄球，他辛劳地播种，不计得失，这份坚持源自他一心喜爱运动，这份喜爱带来了火焰般的热情和冲劲。

叔叔自二〇〇〇年开始推广带式橄榄球，首先是通过口头宣传，被小学邀请来指导。如果时间允许的话，叔叔会带彩香和健太郎等汐入带式橄榄球队球员到不同学校进行上门教学，就像是叫荞麦面店的外卖一样，轻松地去。两年后，二〇〇二年，横滨市教育委员会正式将带式橄榄球纳入小学的选择科目，那是全日本首次引入带式橄榄球。那年叔叔通过横滨市教育委员会向横滨市内三百五十二间小学宣传上门教学，正式开始带式橄榄球的推广。

“带式橄榄球是安全的运动，也可以提升所有运动的基本能力。”

“充实，密集，有点疲倦。”叔叔总结道。

叔叔的正职是消防员，二十四小时待命，为了保护市民的安全而每天奋斗。在繁忙的消防局工作中腾出空余时间，跑到横滨市内的小学推广任教。

上门教学总是由“打招呼”开始，“你好……！”孩子们的声音不够响的话，都要重复叫几次。

“太小太小，其他小学生的声音更大，再来一次！预备……，你好～。”叔叔补充说。

“因为打招呼是基本的沟通方法，声音也是带式橄榄球的重要因素，如果你的声音不够响亮的话，队友就不会传球给你，队友听不到的指令，不算是指令，微弱的声音就赢不了带式橄榄球比赛。”

上门教学也是个“相遇处”，每天都有感动时刻。通过带式橄榄球，叔叔认识了好多小朋友，有时候看到孩子们的学习心态和态度，会感动地偷偷落泪。

那应该是某间小学三年级的课堂。

刚准备上带式橄榄球课的时候，有一个女孩子走过来叫着“铃木教练”，听到越来越近的咔嚓咔嚓的金属声，叔叔觉得奇怪，声音从何而来？原来这个女孩子右脚安装了肢架，是她的肢架发出的声音。

“教练，你说带式橄榄球谁都可以接球，是真的吗？”女孩子问道。

“是啊。可以的。你试试大声说‘传球’！”叔叔坚定地答。

“真的？我踢足球也好，打篮球也好，都没法接到球。”女孩子有点泄气。

“不是你等人家给你球，是你要自己去接球。大声叫‘传球’！”叔叔鼓励着她。

女孩子听罢，脸上绽放出希望的笑容。

比赛开始。女孩子一边尽力奔跑，一边伴随着肢体架发出的咔嚓咔嚓声叫道：“传球！”

“你看，你接到球了吧。”叔叔既感动又开心。

因为跑得不够快，接球时带条一下子被抢去了，但她立即将球传给跑上来的队友，这样得了分，她成功助攻（Assist）了。

铃木先生利用空余时间到小学进行上门教学，推广带式橄榄球运动。

上门教学第一个课程结束时，那个女孩子又来到叔叔那里："铃木教练，我也想得分，不知道可以吗？"

叔叔心里想，这可不容易吧，要得分的话，传球之后又要立即跑去支援队友。

这时，叔叔笑着说："那么，你要跑到最后。"

第二次比赛开始，女孩子又尽力地跑，她的肢架又跟着发出咔嚓咔嚓声。但速度不快，像步行一样，接不到第二次球，可是，奇迹出现了。

比赛开始的时候，女孩子接到第一个传球，转身便传给队友。

传球后这女孩继续向前跑，持球的队友即将得分之时，他的带条却被对方夺去，紧急关头，机会到来，还有三米、二米、一米……。

“传球……！”女孩子走上来接到传球，双手用力紧抱着球，一不小心，她摔倒在地上。

按照规矩，带式橄榄球要站着然后用双手把球放在极阵地上（即得分区），是禁止摔倒在地上得分的。但女孩子已竭尽所能，叔叔便高呼宣布送给她一个特别奖。

“Try ～～（达阵得分）！”

女孩子欣喜若狂，兴奋得满脸都是泪水。球场旁边的男孩子们高声喝彩、支持地拍掌，女教师看到也感动，叔叔也涕泪纵横。

“你看，我不是乱说吧！不放弃的话，一定做得到！”

还有这样一件事。在某间小学三年级上课的时候，吩咐排列好的学生们喊叫号码，组成四个组别。

“一、二、三、四”；“一、二、三、四”；“一、二、三”；“一、二、三、四”的叫声。

“咿。为什么你刚才没有叫“四”出来？”

叔叔问了这个不作声的女孩子，旁边的男孩子抢着代她回答：“教练，她是哑巴。”

“糟糕……！不好意思！”叔叔非常尴尬。

带式橄榄球，要大声喊才可以发指令，接到传球。

但叔叔仍让该女孩试着参加比赛。

女孩子接到开球后，便立即传球给队友，再向前推进，又跑，再跑。

途中，队友被夺去带条，女孩子跑上来支援并用右手轻拍队友的肩膀，原来这是她独有的“传球”信号。

看到女孩子又接倒了球。叔叔心里感动无比。

也有这样的个案。

另外一间小学四年级有一个小女孩，她的前右胳膊没有活动能力，小女孩对叔叔说：“铃木教练，我不能参加比赛，因为我没有办法接球。”

叔叔鼓励说：“可以啊，用左手接球不就行吗？试试吧！”

女孩子听了便战战兢兢的参加了比赛，开始的时候她接不到球，男孩子传球给她，球碰到她却跌落到地，因为传球的速度太快，单用左手是接不到球的。

叔叔对刚传球的男孩子解释说：“你那不算是传球，任何时候传出被队友接到的球才是传球，猛烈的抛球只是欺凌。”

比赛重新进行，这次，男孩子用手交手的方式，把球慢慢地放在那位女孩子的左手里，她用左手抱着球向前跑，笑着向前跑。

叔叔这时又流下了男儿泪，他外表虽然硬朗，要求也十分严格，但其实是铁汉柔情。

“一天又一天，感动的故事一个接一个，我深切感受到小孩子拥有无限的潜能，虽然我传授他们带式橄榄球的技术，但同时我也接收到他们的正能量。”

丰冈之钻石

叔叔当初这么想，到底那个小女孩是什么人？

这是叔叔第一次到横滨市鹤见区丰冈小学上课时一直在想的问题。

那天是雨天，三层楼的米黄色校舍，五年级的三个班都在二楼，约有一百个学生。

当叔叔开始简单介绍“这好像是鸡蛋的球是……”的时候，后排有些学生显得无精打采，可能这是午餐后的第五堂课，也是小孩子想睡觉的时间。

丰冈小学学生颇极端，有些对带式橄榄球有极浓厚的兴趣，也有些却觉得乏味无聊。想打带式橄榄球的孩子们目光炯炯，充满朝气，而后排的孩子则面无表情，神情呆滞，一点也提不起劲。“练习开始，只是马虎地跑，像是被迫来参与的。”叔叔回想。

当中，有一个女孩子的态度尤其差。

那是二○○二年。

那个目中无人的女孩子叫大川步美，拥有五官标致的脸孔。

“因为……”步美瞪着双大眼睛说。

“那是我第一次接触带式橄榄球，开始时我觉得那算是什么运动？不像躲避球、足球和篮球，不可以向前传球，为什么？一点都没趣！”

步美的爸爸是日本人，妈妈是菲律宾人。幼儿园时已经在运动方面崭露头角，她是优秀的躲避球选手，篮球、足球、跑步也表现出色。

步美好胜心强，虽然有可爱的脸，但牙尖嘴利，对大人的意见必抱反抗态度。爸爸曾经笑着说：“你从小就处于反叛期。”

叔叔反复要求打招呼，但她故意不听指令说：“不需要叫破喉咙的。”打完招呼，开始做“扔鸡蛋”的传球练习，每十个人排成一列，把鸡蛋球从第一位传到最后一位。

步美不知不觉猛力扔了一个“欺凌的球”，从上面扔强球，随便地扔球，传粗鲁、不体贴的球。

“我觉得，错的是接不到的队友，为什么接不到球呢？我承认当时是个坏孩子。”步美说。

而一旦开始比赛，步美的表现却相当出色，令人刮目相看。球场上的她像松鼠般，敏捷地左右穿插，如接到球的话，会极速跑到终线。她速度相当快，没有人能超她越而拿走她身上的带条。

步美与其他孩子不同的地方，就是她会边跑边接球，大部分孩子们接球时要停下来，而步美反应快，可以不加思索地继续向前推进，所以能够保持速度。

爱“抗旨”的步美得分时喜上眉梢，听到四周传来的鼓掌声也很陶醉地认为“我是‘达阵王’”，从此她就爱上了带式橄榄球。

不久，步美正式加入丰冈带式橄榄球会。有一次，彩香、真理惠、健太郎等代表汐入小学球队与丰冈带式橄榄球会比赛，这是上门教学的最后一课，比赛在丰冈校园进行。规则上设定了特别条件，汐入球队须按正统的规则，而丰冈小学则用“自由带条”。正统规则的话，被拿去五次带条时交换攻守，但“自由带条”的话，被拿去多少次仍可以继续进攻。

虽然已是规则倾斜的比赛，丰冈小学球队仍没有破蛋。反而汐入夺取好多分，不愧是日本高水平的球队。

“怎么回事，一次得分也做不到，自由带条是对你们很有利的规则，只要跑三步传球，你们就一定可以获取得分。”叔叔尝试激励丰冈。

“一次也未做到就放弃吗？有人可以鼓起勇气再来一次吗？”叔叔再次激励丰冈队。

“要，要，我们要～！”在被推高的士气下，丰冈的孩子激昂地喊道。

丰冈球队又与汐入球队进行了几次比赛，可是连续几场都是全军覆没，惨败的原因是比赛经验不足，以及实力悬殊。

“只能说，他们太强劲，合作性强、速度又快，真是高手，我们真是惨败。”步美比彩香低两年级，这次步美很有挫败感。由于另一场比赛临近，步美不想重蹈覆辙，内心燃烧着一团火，于是除了学校常规练习，早上还要特别加操。从家徒步到学校只需三分钟，到学校七点四十五分，大家会争取上课前的四十分钟来练习，加强锻炼。

就这样，步美不知不觉已迷恋上带式橄榄球。她天生就拥有出色的运动员细胞，运动会时，她是唯一的可与男孩子参加混合接力赛跑，负责关键的最后一棒的女孩子。

步美娓娓说出带式橄榄球的魅力：“男孩女孩都可以感受到它

带来的乐趣，还有成功的满足感。”

橄榄球的运动性质，使得步美自接触橄榄球后，以往的轻浮态度亦有改善。小学毕业时，叔叔对步美说：“你可有想过加入更强的球队继续打带式橄榄球？想继续打橄榄球吗？想追求精益求精吗？”

叔叔说的强队就是釜利谷球会，彩香、真理惠等汐入小学毕业生已加入这支球队，丰冈小学同级生中，只有步美被邀请加入。

童话？不！在艰辛锻炼中保持住一张笑脸，她的命运加机遇的故事即将开始。“丰冈之钻石”的原石几经雕磨后，闪闪生辉，日后，一步一步攀登到日本代表之位。

2015年12月丰冈之钻石与汐入带式橄榄球队校友聚头，重温旧日情谊。
（图左起：真理惠、阳子、小舞、步美、彩香）

太阳之子

像夏天的向日葵。

铃木雅夫叔叔的长女阳子的灿烂笑容让人想起朝气勃勃的向日葵“一个爱笑的小女孩”。

“我喜欢笑，我觉得笑起来心情转好。啊哈哈！还有，阳子这个名字是爸妈希望我是太阳般热情开朗的孩子。”

太阳的“阳”字加上孩子的“子”字，喜欢模仿别人的神态逗人发笑，她特别擅长模仿可爱的小动物水猪。

一九九三年六月出生，比彩香小四岁，比叔叔的长子健太郎小三岁，幼儿园时开始受到叔叔的悉心指导，与彩香和健太郎一起打橄榄球。

晒黑的脸，雪白的牙齿，天真可爱的眼睛转个不停。

作者问阳子：“你会把叔叔比喻作什么花朵？”

阳子摇摇短黑发说“唉！”

“不像不像，我的家人一点也不像花朵。爸爸像什么呢？是啊，像一棵枯萎的树干呀！哈哈哈。”

那么彩香呢？

“她像一朵玫瑰花，深红色的玫瑰花，有时温柔，有时严肃认真，跟玫瑰花一样有刺，她发出独有芬芳与别人不同，很艳丽！”

虽然大家都姓“铃木”，但阳子与彩香没有血缘关系，可是对阳子来说，彩香像是她的亲姐姐，她们都是汐入队队员，无论去哪里都是一起。

不过，练习中出错的话，彩香会毫不留情地责骂她，也会用手掌拍打小头，或用拳头打她的小肚子，有次更被彩香半开玩笑地扔到秩父宫橄榄球场的绿色大垃圾桶里。

“大家喜欢逗弄我，我好崇拜彩香，她是个惹人喜爱的帅姐姐。”阳子笑着说。

阳子与哥哥健太郎感情很要好，当然偶然也会为琐事争吵。

“哥哥狡猾又聪明，每当作弄我，我立即还手叫嚷，妈妈总觉得我是搅事者而被骂，从小都是这样，真不公平！”

母亲恭子分析两孩子性格说：“健太郎个性消极，阳子却很积极，健太郎与丈夫雅夫一样，遇到难题时，先作最坏打算，胆子小、爱担心，阳子却相反。”

健太郎生于一九九〇年八月，兄妹都是瘦长的身型，具有良好的运动体能，跑得快，他们都是球队的主力，在球队中得分最多。

作为父亲又是教练的叔叔，自然也对他们要求更严格。

大家吃晚饭的时候，阳子胃口不好。

“我挨骂的次数比别人多一倍，大家都只是在练习场上被骂，可是我回家后仍继续挨骂，队友们的失误也算在我头上，吃晚饭的时候也是，我真的不想跟爸爸一起吃饭。”阳子吐出不快。

阳子小学五年级时担任队长，叔叔对她的要求也日益增加，因为是父女，对她更加严苛，阳子在众队友面前挨骂的时候，他们也替阳子感到尴尬和难受。

阳子比丰冈小学之钻石，即大川步美，低两年级。

步美说："阳子责任心强，好胜心也强。"

二〇〇五年，阳子小学五年级。

全日本小学带式橄榄球锦标赛"三得利杯"开始了，这锦标赛是由全国各地预选胜出的十二支球队竞逐"第一届三得利杯全国小学带式橄榄球锦标赛"！这也象征着日本普及带式橄榄球的时代开始了，汐入小学队用汐入白熊球队的队名参加。

"'三得利杯'跟以往小规模比赛完全不同，我既惊且喜的是终于有全国性的带式橄榄球比赛举办。彩香羡慕地说：'要是我们当年有这个比赛就好了。'还说：'你们绝对不会输掉。'大家都认为汐入球队是支实力很强的球队，我自己也渴望胜利，势必夺冠而回。"阳子回忆说。

对阳子她们来说，拿全国冠军是一定会实现的！

三月五日星期六，晴天的秩父宫橄榄球场。

特别矮小的汐入白熊球队队员入场的时候，周围的观众笑着说："好可爱""这些孩子们也参加比赛吗？"

其他参赛球队全是男孩子，汐入白熊球队由四个男孩子和五个女孩子（包括阳子）组成，只有一个六年级球员。

哨子声一响，汐入白熊球队的表现已相当突出，大家虽然跑得不是很快，但是传球和支援做得天衣无缝，球赛大比数胜出，实在很美好。在预赛组以二十比三胜北海道代表鹿部小学，以十三比五赢四国代表北条超星队。

翌日的锦标赛第一场比赛以十比六胜北关东代表绿冈小学。决赛对磐田市立东部小学，受惠于山叶发动机球队的指导，他们是一支快速的球队。

比赛前双方列阵，对方男队员的平均身高约一百六十公分；汐入队身高只有一百三十到一百四十公分，高度差别约有二十公分。

“比赛开始时，对方抢走了球，他们跑得相当快，一直跑便能够得分，但是我们不气馁，大家努力叫喊互相支持。”阳子回忆着。

球队的标语是“全队支援”，一个队友拿到球跑的时候，所有队友都要一起追跑上前助攻，当队友被拿去带条就立即传球，整个球队便能做到滴水不漏的进攻及支援。

最后赛果是十六比十三，汐入队胜出了！

球员们团结一致夺取了日本全国冠军，孩子们含着欢欣的泪水跳战舞，叔叔也开心得泪水满脸。NHK 和其他一直采访汐入的电视台记者们也激动地流泪。

唯有阳子没有哭。

“我太高兴了，眼泪流不出，我从来没有因兴奋而哭，我的眼泪在悔恨时才会流。因为身为队长，拿到冠军就立即松了一口大气，球赛终于结束了。”阳子说。

阳子对自己发誓，今年五年级，还有一年，当她六年级时一定要再次夺取冠军，要争取卫冕。

Photo : Takumi Photography

从小开始打带式橄榄球的阳子，以敏捷快速的变向侧跑冲破对方防线！

欺负和三连霸

二〇〇五年四月汐入球队的队长阳子升上了六年级，总是天真无忧的阳子，以为一切事情都很顺利，却发生了意料之外的事件。

那年十月，离第二届三得利杯全国小学带式橄榄球比赛地区预选还有一个月，也是球队队员一起到秩父宫橄榄球场支持关东学院大学队比赛的时候，却接连有几位主力球员相继离开，阳子感到吃惊及莫名其妙。

第二周，阳子和队友们相约到其中一位球员家进行游说讨论。阳子问他们为什么要放弃？幸运的是经过一轮游说后，一位球员改变了离开的念头，继续效力球队，一起勇战全国比赛，他就是五年级的尚辉。有些同学要他离开球队，其实他是舍不得的，但仍有几位球员相继离开。

幸运的是，不久之后，在被告知有机会成为日本第一之后，几位新球员弥补了空缺。全日本比赛的地区预选即将开始，练习越趋紧密。在出战神奈川预选赛时，用两位新球员加尚辉就应能够轻易胜出。下一场比赛是一月份的南关东地区预选，可是预选快要来临，尚辉却无故缺席练习！“为什么偏偏在南关东地区预选之前退出？”阳子的脑袋里不停地转出好多问号，直接问本人才会有头绪。放学后，大家集合商谈比赛事宜，可是尚辉没有出现，大家四处找他，步美也担心地走过来帮忙，到零食店、玩具店找，最后发现尚辉正玩着摆放在玩具店门口的游戏机。

“尚辉。”阳子叫他的时候，在旁边的尚辉朋友们可能是被阳子和步美的威风吓怕了，马上作鸟兽散。躲在店铺里的尚辉被拉出来，带到另一名球员家里。

“不继续打带式橄榄球吗？”

“你不能放弃。”

“一起打吧，一起再次成为日本第一吧。”

阳子保持沉默，其他女孩子苦苦哀求着。

尚辉低声解释：“我也想打带式橄榄球，可是有人欺负我，说我不能再打……。”

阳子听后很伤心，忍着快要涌出来的眼泪，内心说服自己，队长是不能哭的。

从那天起，她们守护着尚辉，大家放学后先回家，然后到校园或球场集合，路上的公园有几个小恶霸等着，阳子及队友们会在尚辉身边保护着他，一起去练习。有时绕着公园走另一条路；有时步美或毕业生来帮忙，大声责骂小恶霸们：“你们干什么？找尚辉有什么事吗？”

来到南关东大会上，汐入球队最终凭着队员的毅力又获得胜利。比赛结束拍大合照时，尚辉脸上却没有笑容。

二〇〇六年三月四日星期六，第二届三得利杯全国小学带式橄榄球锦标赛开始了，胜出预选的十二支球队参加，每三支球队为一组进行首轮初赛。

汐入白熊球队三场全胜，进入了翌日的锦标赛。

决赛对长崎县佐世保市清水小学带条果实球队，叔叔和彩香曾指导过这群小学生。

比赛以七比三胜出，汐入白熊球队真的卫冕成功，连夺两届日本冠军。

在决赛的前一天晚上，每个球员都亲手做了个人金牌，像扇子那么大的瓦通纸上贴了金色纸，再系上红白丝带，联同一封信一起送给叔叔，叔叔赛后收到礼物感动得哭起来。

阳子是这样写的："教练，谢谢，我们会为送您这个金牌而努力。"

"比赛前那两三个月确实很糟糕，好像一生的不幸一起涌来，再也不想有同样经历，但精神上是坚强了，内心也坚强了，想起成为了二连霸，便莫名兴奋！"阳子回想。

冠军的纪念合照上，叔叔哭了，阳子他们笑了。

像冬日的枯草中突然绽开着向日葵花似的，相映成趣。

这次尚辉也笑了，阳子很开心。

汐入相配笑容

阳子也像彩香一样，小学六年级时，被选拔为女子橄榄球日本青年代表，当时十六岁的她被选为十八岁以下日本女子代表。

有一天，尚辉做后记，这时他的体格已经长得很魁梧了。阳子毕业后，尚辉自愿做了队长，二〇〇七年的小学六年级，更捧得了第三届三得利杯全国小学大会比赛的奖杯，实现三连霸的美梦。

比赛前一天的交流会上，尚辉对日本橄榄球协会的森喜朗主席（前首相）开玩笑式地说："森主席，明天我们会做到早稻田未做到的三连霸。"那年森主席的母校早稻田大学错失了大学锦标赛的三连霸机会，未能卫冕。

尚辉——桃原尚辉，也像盛开的向日葵骄傲地大笑。转眼间，少年的脸已悄悄地转变得带点成人士气了。

Photo : Takumi Photography

自四年级首次参加三得利杯全国小学带式橄榄球比赛夺冠的桃原尚辉，
是目前唯一一位连续三年拿到冠军奖杯的小学生。

橄榄球和田径

再说彩香的故事。

时间追溯到二○○二年四月，十二岁的彩香就读横滨市鹤见区宽政中学，与好朋友小舞和真理惠一起。

想起过去，青春时代充满着鲜艳的色彩，像从颜料筒挤出颜料，直接涂在画布上，充满了红色的热情，蓝色的友情和黄色的不安。

“青春啊……”彩香小声道。

“用颜色比喻的话，全部是蓝色。学习、学生会、课外运动、橄榄球，我都尽全力了，像大海，或者像无边际的天空似的蓝色。”彩香说。

宽政中学没有带式橄榄球队，甚至橄榄球队也没有，三个人商量着怎么办。

继续打带式橄榄球？那么，参加横滨橄榄球协会？周末可以在釜利谷球场练习带式橄榄球，平时可在中学其他课外活动锻炼体能。

彩香她们这样想。

她们本想打篮球，可是高一年级有位严苛的师兄，所以放弃了；软式网球也有魅力，可是他们是支强队，早上要练习，平时课余的练习也相当紧密，有可能参加不了周末的橄榄球练习，所以不可以！

那么，羽毛球又如何？练习应该没那么紧密吧！他们的练习好像没有其他球会那么严格，还可以锻炼身体的灵活性和敏捷性。

“我们选择打羽毛球，一言为定！选打羽毛球，周末可参加橄榄球练习。因为我们三人都想继续打橄榄球，所以我们既非常重视课外活动选择，又要配合橄榄球练习才选定课外活动，我们是用排除法选取的课外活动。”彩香说。

小岛老师是一年级的班主任，他是位满腔热忱的体育课老师，也是棒球部顾问，听说高中时代曾出战甲子园，比彩香大两岁的哥哥也属于校内棒球队，小岛老师很关心彩香。

“他是位充满热情的老师。经常跟我说：‘彩香，你要努力向前吧！’。”彩香说。

参加课外活动，先要提交申请表给班主任，有一天放学，彩香问小岛老师拿申请表，老师问：“彩香，你打算参加哪个球队？”

彩香答：“羽毛球。”

小岛老师却说：“这不是个好主意，如果想继续练习橄榄球，可以选择田径部。”

那时，宽政中学还没有田径部，但是有位曾练习过田径的佐藤老师刚从别的中学调职过来。

“小岛老师跟我说：‘正好！不如你和佐藤老师一起成立田径部。’。”彩香说。

由佐藤老师做顾问的宽政中学的田径部诞生了。

“一切都是从零开始。‘从零开始’……我喜欢这种说法，可以成立自己理想的课外活动部又可以继续打橄榄球。”彩香说。

宽政中学的校园操场不大，太阳把白沙色土壤照得闪闪发亮，如果足球部和棒球部同时练习，就没有多余空地供其他项目进行，彩香她们的田径部唯有在操场边界的灰色沙池附近练习，期间，会有人故意向她们扔足球或棒球。

练习第一天，彩香、小舞和真理惠换上运动服，来到操场，另外还有三个同学，一男两女，共六个学员。

佐藤老师喊口令："我们开始吧，加油。"

当初不知该怎么做，在运动场边界到另一边界用石灰划了六十米长的白色直线，大家一直来回跑着。再用"梯子"格子方法来练习正确的跑步姿势。

"练习都是我们自己安排的，这也很开心。用石灰粉划的线条弯弯曲曲，练习内容大多由我们自己构思，校园的风迎面吹拂着，感觉很舒服。"

大家都尝试挑战各种各样的田径项目，短跑、跨栏、跳远和跳高。后来，真理惠选择短跑，小舞决定长跑，而队伍中肢体最柔软灵活的彩香，选择了跨栏赛跑。

彩香说："田径项目中，我喜欢接力赛跑，但更喜欢跨栏赛跑。跨栏不是靠速度而是靠技术，勤加练习就会进步，建立自己的个人模式。跨越栏杆时感觉真好，自己好像变成了一阵轻飘飘的风。"

彩香特别喜欢跳跃跨栏时的速度感，用膝盖的弹力，像猎豹般跳跃，自己好像向透明的圆圈里冲进去，状态好时，身体也感觉轻飘飘，要跨出的脚自然地会用劲力伸出去。

刚开始的时候，彩香打算同时进行橄榄球和田径项目，但现在却可成功缩短跨栏跑时间，因此对于跨栏赛跑更感兴趣，想在跨栏项目方面下更多的苦功。

“那时候的我心情很复杂，自己想做好赛跑成绩，可是不知如何练跨栏才好。同时，周末还要兼顾橄榄球练习。”彩香苦恼地说。

中学一年级时，彩香有空就去帮忙带式橄榄球的上门教学，有次在秩父宫橄榄球场进行日本代表橄榄球比赛时，彩香参加了那场比赛前的带式橄榄球表演赛。还有一次与早稻田大学橄榄球队主力球员比赛带式橄榄球，其表现令周遭观众惊为天人。

可惜最后赛果仅以几分之差败于早稻田，是个伤心的回忆。那天下着雨，在东京上井草体育馆进行比赛，彩香愁眉苦脸，跟着一股热腾腾的伤感从眼里涌出来：“我哭得厉害，感到非常沮丧。早稻田以强韧的体力对付我们的时候，我们也尝试以同样方式反击，可惜失败了。”

不知何时开始，彩香逐渐地投放了更多的时间在田径练习上，一年级开始担任田径部队长，负有强烈责任感。

橄榄球还是田径？周末该去哪里？有时候三个女孩亦为此吵起来。

有时拒绝不了叔叔的劝喻，无奈地向田径顾问请假而参加带式橄榄球活动。

“要是没有叔叔、真理惠、小舞的话，有可能已经放弃橄榄球了。因为有朋友，我才会继续打橄榄球，也可以说是叔叔不让我离开。”彩香说。

不单对橄榄球的感情有所变化，好友三人组的关系也逐步变异，大家都各自有烦恼，无法消除大家心里的隔膜。

“那时候的我，以颜色比喻的话就是灰黑色。”彩香说。

吵架

阳光反射到操场，彩香放学后就跑，跳过跨栏时，一阵微风吹过。

宽政中学有套严格的“辈份关系”，是一个每级只有两班的小规模学校，老师认识所有学生的名字和脸孔。中学有“打招呼制度”的传统，无论距离多远，低年级学生见到高年级学生必须立正并大声说：“您好！”

如果没有做到，将会有“可怕的制裁”，这是相当不合理的传统。

因为彩香有比她大两岁哥哥的照顾，从来没有受到过高年级的制裁。本来彩香从不喜欢三五成群去惹事生非，所以从没跟小恶霸来往。一年级的某天，班主任的小岛老师找她。

“彩香，你去担任学生会委员吧。”小岛老师说。

“我愿意！如果没有其他人选的话，那就我来做吧。跟高年级学生讨论，又说服他们，应该是很愉悦的事。再者，担任学生会委员的职位，对我的成绩报告表也有益处。”彩香说。

于是提名到学生会书记，得了大多数支持而当选；二年级时也是学生会书记；三年级时击败男生，当选学生会主席，男生做副主席，这是史无前例的。

不知为什么，彩香的遭遇总是这样，学习成绩良好，得到老师和同学的欣赏支持，当学校举行某些活动时，她总是做领导者的角色。

“所以，中学的三年是好紧张的。”彩香说。

田径队外，还继续打带式橄榄球。一年级春天的每个周末，三个好友都整天打带式橄榄球直至日落，在釜利谷球场与关东学院大学的学生作认真带式橄榄球比赛，为胜利而心花怒放，为落败而哭泣难过。

田径方面也有骄人的成绩，暑假的比赛中，一年级学生只能参加的八十米跨栏赛跑，彩香竟然赢取了横滨市第三名，因赛道旁边有劲敌，就会拼命地追赶，自己也能造出好成绩，感觉双脚变得像条鞭子那样敏捷起来。

神奈川县平塚陆上竞技场举行的县大会，在四百米接力赛跑摘冠。彩香跑第一棒，把接力棒交给第二棒的真理惠。

“传给你！”彩香伸出右手，真理惠伸出左手接到接力棒，“加油！”彩香大声喊叫。

“好像把自己的能量全部注入真理惠身上，全部交给你！”彩香叫喊着。

夺取冠军在大家的意料之外，场内广播说：“今年冠军是新成立田径部的宽政中学。”观众台发出喝彩声和欢呼声。

“我自信心又加强了。”彩香兴奋地说。

中学二年级，彩香投放大部分时间在田径训练，做出个人新记录，有了好成绩，就更热衷于田径了，渐渐地放弃了周末的橄榄球，而优先参加田径赛。

中学二年级的夏天，三个好友参加了一个选拔赛，那是日本女子橄榄球协会举行的青少年球队选拔，彩香和真理惠顺利进入选拔队，可是小舞却没有入选。

三个人对橄榄球的态度也有所变化。真理惠和小舞主力打橄榄球，彩香集中于田径训练，多感的青春时代，小小的交错有时会引发争论，三个人的关系也出现了问题。

一直以来，三个人一起上学放学，她们穿着蓝色运动校服。从真理惠家到小舞家约有八十米的距离，小舞家到彩香家有约五十米，她们出发的位置是离学校最远处的彩香家。真理惠、小舞、彩香三个人在彩香家集合并一起步行二十分钟到学校。当然，上学的路上，她们会边走边聊，内容总是围绕着学习上的趣事与困难、恋爱的甜与酸、课外活动的乐与苦等等。

“大部分是无聊的话题，例如说说哪个师兄好帅等等。当时真理惠好像有个男朋友在别家学校读书，也是田径部的，我在中学三年里，一直都没有男朋友……。是真的，我把所有注意力都集中在课外活动和学生会事务上，哪来时间留意其他事物。”彩香认真起说。

彩香还被选为神奈川县田径精英选手，周末真理惠和小舞如常到釜利谷练习橄榄球，而彩香却参加田径的研修会。

彩香和真理惠都好胜心强，各自坚持己见，因此偶有冲突。有一次，真理惠受伤无法参加练习，心情不好，在上学途中，真理惠突然跟彩香说了这番话：“彩香，到底怎么样？你想要橄榄球还是田径？”

“什么？‘到底怎么样’是什么意思？”彩香被真理惠突如其来一问显得浮躁不安。

“不是怎么样，你是否以后都不来练习橄榄球了？”真理惠解释说。

这时气氛变得异常僵硬，站在她们之间、个性温和的小舞不敢插嘴，只好慌慌张张地站在一旁。

彩香回想着。

“真理惠觉得我对橄榄球和田径都是马马虎虎应付着，我觉得很不服气，我只是想集中精神先做好田径，但剩下她一人在橄榄球队她觉得寂寞。”现在彩香明白真理惠那时的心情，可是当时大家都是年少气盛，只做着自己喜欢的事情，没有多余的心思去关心周边发生的事情，但经真理惠这么一问，心情亦变得复杂，开始对周围发生的一切不期然感觉烦恼不安。

中学三年级的朋友

中学三年级。

那时候，彩香几乎没有出席橄榄球练习，全程投入田径的怀抱。

有一天，好友远藤笑（“阿笑”是网球部的骨干球员）给她看一张“目标建立表”（达标时序表），表格要订下个人的“高、中、低目标”，还要填写自己的长处和缺点，这是一种“了解自我概念”的报告书。彩香听后也想订下个人目标，于是向网球部顾问要了一张“目标建立表”。

“老师，可以给我一张目标建立表吗？”彩香问。

“如果你真的计划参加全国大会，我会给你。”网球部顾问说。

“真的，我真的要参加，我会加油努力的。”彩香用坚定的眼神答道。

“网球部的朋友给我好多启发，特别是阿笑。”彩香心怀感激地说。

彩香在表格上的最高目标写“进入全国大会”，中期目标为“夺取县大会冠军”，最低目标为“夺取市大会冠军”，还写上了目标完成时间，最后给自己列出了课题及每天要做的十个项目。

“目标订下后，更有决心激励自己进入全国大会。”彩香说。

在县大会中进入前三名就可以参加关东大会。

在那里突破“全国大会参考标准记录”就可以进军全国大会。

彩香在神奈川县女子一百米跨栏赛中取得了冠军，共有十个跨栏，每当跨一栏，就抛离其他对手多点。

“那天打着雷，那种天气根本不想出场比赛，但是，比赛前我充满斗志‘绝对不能输，一定要赢！’我跨了第一个栏时，已经看不到旁边的对手，之后的感觉像时间走得很慢。”

关东大会虽然是第七名，但彩香已轻易突破全国大会参加的标准，全国中学生大会八月十日在前桥市“群马县立敷岛公园陆上竞技场”展开。盛夏猛烈的阳光，周边树上的蝉鸣叫得像交响乐般，使人们在这闷热的天气不期然陶醉其中。

在出发去前桥市这天，从早上开始，彩香的心已噗通噗通地急速跳动，这是彩香中学时期参加的最后一次的大会比赛，面对大场面，积压着不安，担心是否做不到好成绩。

跟顾问佐藤老师一起坐电车去往前桥市，电车上，彩香拿出好友阿笑送给她的浅蓝色的信封，封面写着“有空的时候，看看吧”。

从信封里拿出 B5 大小的笔记簿纸，是用几支颜色笔写的，满目都是挚友阿笑熟悉的笔迹：

“终于来到挑战全国大会的这一天！！你应该紧张吧？还是兴奋？我估计彩香的性格，又紧张又期待，是吧？首先，我觉得我们在任何时候都要享受，田径比赛本来是你喜欢做的事情，所以尽量去享受吧！享受过程，你才能发挥你所有潜能！……最后，彩香……大家支持你，你不是一个人！我们会跟你在一起，大家是朋友嘛！加油！！祝福你～。……不要忘记笑容，彩香要像彩香啊！

笑敬上”。

看毕，彩香的泪水已静悄悄涌出，滴在笔记纸上，欣慰、感激，彩香泣不成声。

宽政中学只有一个学生参加这次比赛，但是，校长、平时照顾彩香的老师、真理惠、小舞和其他朋友们也坐巴士来竞技场为她打气支持。

妈妈也来了！大家在观众席上声嘶力竭地呼喊着支持她。

最终，彩香没能胜出预选，不能进入半决赛。彩香没有怯场，也没有受伤，只是没有胜出，现在彩香明白了其中的原因。

“那时候，我好紧张，身体都僵硬起来。”彩香哭着说。

“我做了好多练习来准备比赛，但是还是输了，大家还特意来支持我……，对不起大家……！”彩香落败后感到寂寞但温暖，她继续放声嚎啕大哭。

“意志消沉的时候，总有朋友陪我一起！幸好沿途上我都遇到好朋友、好老师和好伙伴。”彩香发现真理惠和小舞也相继为她落泪，大家的眼睛都变得通红。

如果有人问她最重要的是什么？她会毫不犹豫地回答：“伙伴！”

特别是田径部的伙伴、学校的伙伴！当然，少不了橄榄球的伙伴！

第三章

泪水的最后赛跑

橄榄球狂热

中学三年级的夏天。

因为田径比赛的失利，彩香心里仍深感遗憾，然而不久之后橄榄球狂热细胞再次散发出力量。

彩香又开始与真理惠和小舞周末一起去釜利谷球场，接受关东学院大学橄榄球部的人员和教练指导带式橄榄球和橄榄球。球场旁边的树林仍旧传来蝉鸣声，蔚蓝色的天空下，热炽炽的太阳照耀在草地上，枯干的草地发出令人怀念的昔日香味。

虽然仍有时打带式橄榄球、有时打橄榄球，但随着年级的增长，彩香三人逐渐把大部分练习时间放在橄榄球上。彩香虽然效力横滨橄榄球协会的少年部，但她们已开始幻想建立自己的女子球队。

炎热暑假刚结束的某天，彩香、真理惠和小舞一起去找关东学院大学橄榄球教练青本荣太郎。

“我们要打好橄榄球，更认真地打，荣太郎先生，请指教我们更多橄榄球。”她们目光带着坚定不移的信念。

青本当时二十四岁，从爱知县三好高中进入到关东学院大学，是位自小接触橄榄球的出色球员，当时担任关东学院大学橄榄球部教练。

青本在每周六给彩香她们上课，不管是谁，面对积极学习的孩子，青本都会特别耐心地指导，他不会特意照顾彩香她们，也不会因为是女孩子而轻视她们。

青本当橄榄球员时的位置是翼锋或八号，他有一双眼皮微微下垂的大圆眼睛，看起来很温柔、很热心，他能感受到孩子们的热情，并积极指导她们。

“开始时，她们的技术已经很出色，特别是步速和灵活的变向侧跑。她们想要做得更好，还要做日本代表。我说：‘如果你们不甘示弱，力争上游，我就会尽力指导你们，那么，开始吧！’。”青本睁着大眼睛说道。

青本住在横滨市鹤见区，与彩香和真理惠同一个城镇，于是他们在汐入小学附近的汐入公园开始了每周两次傍晚的“特别训练”。

首先进行热身和短跑，跟着做“拖人跑训练”，锻炼腰腿肌肉。草地上划了一个边长五至六米的四方形，两个人一组，围着四方形进行拖拉练习，一组员拿着球，另一位站在持球者后面，抓紧住她腰部做“砝码”。

这是一个很艰辛的练习，持球者把身后的组员拖拉到四方形的一角，就转换直角拖拉到另外一个方向，一组绕一圈后另一组接上，由于只有两组，所以很快又重复做，每组都要反复跑五圈左右。

公园没有照明灯光，晚夏的黄昏降临，像为公园涂上墨水，变得漆黑一片。虽然这样，黑暗中，仍能听到鼓劲声喊叫着“提起双脚，用力摆动肩膊和上背”，每个人几乎都哭丧着脸进行训练。

体重只有四十公斤的彩香和真理惠持球，肥胖的青本做砝码，青本体重有九十多公斤，对她们来说这很重，非常的重。

“我做砝码的话，她们无法拖拉往前走，必须用力提起手脚，我叫她们‘还要加速推动双脚！’‘再用力摆动肩膊！’，这么刻苦的训练，也许我也会哭的。”青本说。

练习真是辛苦，但操练后喝的水也格外甘甜。

公园角落里有个草地，躺下来仰望着天空，好几颗灿烂的星星在夜空中闪烁着，每个人都闭上眼睛，享受着潮湿温暖的晚风吹在脸颊上。

青本解释，他们的训练以提升体能为主，所以没有做扑搂和撞击的练习，他们现在把最终目标定为“向世界挑战”。

“之前她们打带式橄榄球，身体比较娇小，如对方从侧面阻挠碰撞的话，她们就失去平衡，容易摔倒，所以首先要加强腰腿训练。我总是想像她们与外国球员比赛的情况，我方从正面碰撞她们，肯定赢不过，不如尽量避免身体接触而跑向对方空挡位置更好，要是躲不了而被抓住，还有机会拖拉对方。”

彩香她们比男孩子还要认真、努力的练习，青本也竭尽全力地的指导她们。

参加练习的人数由三个增加到十个左右。

下着毛毛细雨的时候她们也不会取消练习，还互相鼓励“加油”“加油”。

看到孩子们刻苦拼搏的时候，青本会鼓励她们说：“笑吧！”。

“辛苦吗？”

“要放弃吗？还是要继续？”

“既然继续，笑吧！大家一起笑吧！”

女孩子们都明白若她们不装出笑容就不会结束练习，所以她们勉强发出“嘻嘻～。哈哈～。”的笑声，努力往前移动双脚。

练习中途，曾发生过一段小插曲。

有次练习大家忽然哭起来，青本以为是练习太辛苦，于是减轻往后的练习项目难度。练习完毕，青本被彩香她们投诉。

“她们跟我说：‘为什么减轻了练习难度？这样轻松的练习就不会进步。’原来她们并不是因为练习太辛苦，而是因为她们达不到目标，对自己感到气愤而哭的。”青本眯缝着眼睛叹息说。

为什么她们能够迫使自己做出这样的极限？为什么能够坚持做这样严苛的训练？为什么已是满身泥土和汗水还是要往前走？

对于这些愚蠢的提问，青本挺直腰板、嘴角浮出微笑说：“我可以肯定，她们真的酷爱橄榄球。”

资源薄弱的女子橄榄球

二〇〇五年春天。

十五岁的彩香在宽政中学毕业，入读著名的神奈川县立鹤见高中，简称为“县鹤”。

好友真理惠进入了县立横滨立野高中，小舞则在横滨市立港综合高中就读，她们分别入读不同的高中。

由初期自信与希望，到后期的期待与不安，彩香挣扎过后，最终选择了田径部。

“我本想继续打橄榄球，可是高中没有橄榄球部，根本没有练习橄榄球的场地，我又不想减少运动量，所以我选择了田径。”

这里简述下日本女子橄榄球的历史和现况。

一九八三年，第一届女子橄榄球讲座在东京多摩川河岸地举行;一九八八年，日本女子橄榄球联盟正式成立，关东、关西地区均组成了几支女子橄榄球队，女子比赛逐渐增加；一九九三年，是女子橄榄球的首个高峰期，登记联盟的人数首次增加至约四百人。

一九九四年，日本参加在英国苏格兰举行的第二届女子橄榄球世界杯，击败了瑞典强队而立下大功，可是之后女子队的人气和实力都开始走下坡。当初大家都是因为兴趣而加入以玩乐为主的球队，后来许多球会慢慢改变方针为“胜利至上”，开始调整球队方向，加强各式的训练，这也许是原因之一，很多女球员以结婚等为由放弃了橄榄球。

二〇〇二年，在西班牙举行的女子世界杯橄榄球赛事，日本队以一胜三败的战绩结束了比赛。

二〇〇三年，日本女子橄榄球联盟开始意识到青黄不接的危机，于是在关东和关西分别召开初学者讲座，正式大规模地推广女子橄榄球。同年，在关东地区成立“青少年球队”并选拔一些优秀及有潜能的青少年（小学五年级到中学三年级）加入，当时中学二年级的彩香和真理惠也被选为第一期学员。

二〇〇五年，联盟的登记人数有三百多人（二〇一〇年达到约四百五十人）。当时日本没有一家中学和高中设立女子橄榄球队，而大学里则只有日本体育大学有一支名为“凤凰球队”的女子橄榄球队，主要成员是该校学生和毕业生。

也就是说，日本全国虽然有许多支男女混合的带式橄榄球队，但女子橄榄球队却只有几支。

彩香在高中时进行田径练习的同时，还积极参与由青本教练在当地鹤见负责的“特别训练”。

真理惠在横滨立野高中成立带式橄榄球兴趣班，试图提升体能。有空时，小舞也过来参加练习，她俩也有参加青本教练的“特别训练”。

高中一年级的暑假，她们强烈要求青本进行额外的早上特训，当时青本虽已入职川崎的一家公司，但仍每天早上五点起床到鹤见的公园为她们进行特训。

彩香高中一年级暑假时参加了青少年选拔（小学五年级到中学三年级）远赴新西兰比赛，这是她认识世界之旅的第一站。

早上约六点钟便开始两小时的训练，虽然这特训是自愿参加而非强迫性，如睡过头就不用来，每天仍有五、六个球员自愿带着睡眼惺忪的身躯跑过来。

早上已传来一阵阵像下着大雨的蝉鸣声，晨风中短跑、边跑传球、拖人跑等等严格的训练不停地进行。不过，彩香和真理惠绝不喊苦，她们的意志毅力相当惊人。

“起初我认为女子橄榄球是没有什么前途而且女子队很难维持，又根本没有打橄榄球的场地及环境，简直是从零开始！不！不如说是‘从负数开始’。没有正式的球队，又担心练习、比赛时受伤，毕竟是女孩子，特别担心弄伤脸部，我想学校老师们也同样担心的。”青本说出心底话。

不过，看到彩香和真理惠对橄榄球的坚定不移的眼光，青本不得不改变想法，虽然环境条件不理想，但她们有可能会在日本橄榄球界掀起革命，向世界拍翼高飞、翱翔万里，特别是彩香有做领袖的风范，亦有责任感。

“彩香具有坚定的想法和主意，平时虽有女孩子气，一旦进入球场就会喊出比男人还要大的声音，她会说出一些激励的话，任何时候都有带领作用，令大家都信服。”青本赞赏地说。

某天暑假的早上训练，只有彩香一个人来到，青本征询她要否取消？“不可以，非训练不可。”彩香坚决地说。

“我说：‘那么，开始吧！’彩香一个人训练是很辛苦的，她是哭着完成的。”青本心痛地说。

“是真的，我一直哭着，却同时勉强装笑……。荣太郎对我来说是个‘魔鬼’，我们大部分的时间都是又哭又笑着练习。”彩香扭歪着脸说。

真理惠也有坚毅的上进心。她有坚定不移的自我目标，为了成为日本代表，她希望进入专业球队来提高自己的技术，想做更多队友间整体作战及策略方面的练习。快要结束高中一年级的那个春天，她终于决定离开横滨橄榄球协会，转到凤凰球队。

“她跟我商量过几次，我可以令她们体能提升，却无法训练比赛中所需要的机智和整体协作能力，我十分理解她想参加女子球队的理由，所以我没有反对她去别的球队，我们当然觉得有点可惜，那是她的决定，没办法。”青本想起。

后来，彩香也开始为是否转到凤凰球队而很懊恼。

与青本商量但遭反对，青本成全真理惠想要提高技术的愿望，可是，彩香是个领导者，要继续指导带领年轻球员，情况与真理惠不同。

“你有责任去发展日本女子橄榄球，好多小女孩因倾慕彩香而开始打带式，也有人打橄榄球。如果你一定要去凤凰球队，就把整个横滨橄榄球协会的女子会员也一起带走！”青本继续说：“还有啊！因为真理惠已去凤凰球队，所以你也才想去，我就不能接受你这种想法。要是你先去那边，我就同意。你的想法是否受真理惠的影响？你的心态那么容易被改变？太没出息啊。”

结果，彩香放弃了转到凤凰球队的念头，她感到自己背负着重责和大家的期待，有点苦恼和压力。

“荣太郎帮了我很多，要是没有他，我很有可能已转到凤凰球队，那样我应该只会集中精力打橄榄球，而放弃了田径。”彩香叹了一口大气。

彩香决定留下并继续做横滨女子橄榄球的代表，“责任”这两字对她来说几乎是难以担负的重担，但这也算是她的命运吧。

彩香同时背负着橄榄球和田径两项任务，疾驰在她的青春时代。

120%庆子

现在，橄榄球并不是男人专有的运动，女性其实也十分强壮，彩香和真理惠都很强壮，庆子（加藤庆子）是另一位充满斗志的女孩子。

“她是‘120％庆子’。”彩香笑着说，怀着对庆子的尊敬之心。

120％庆子，她总能挤出100％的力量再额外多加20％的力量，因此得到了这个外号。

她也是日本代表，亦是彩香队友，她总是竭尽所能地去猛烈地扑搂。

“任何时候都竭尽全力，挺身去做，所以庆子受伤的机会很多。”

庆子比彩香高一年级，不像彩香，她没有打带式橄榄球的经验，一九八八年生于大阪，小学一年级时，与大两岁的哥哥一起被父亲带到“堺橄榄球学校”。

庆子是一位拥有一双大圆眼睛的可爱少女，笑起来很羞涩，她的笑脸有点像不二家餐厅的标志“牛奶妹”。

“最初我只有看着哥哥练习的份儿，于是不满地说口渴了，想回家！爸爸无奈地说我太麻烦，干脆叫我也一起去打球了。”庆子说。

她喜欢抱着鸡蛋形的球奔跑，好像在玩捉迷藏，天生好胜的性格，就算被撞跌倒擦损膝盖也不会哭，反而会用力反抗把撞她的男生也拉倒。

小学一年级时有三个女球员，可是到二年级时女球员只剩庆子一人，球员有近三十人，女孩子却只有一个。四年级时，从不觉得男女体力有差别，可是到五年级，庆子第一次觉得“害怕”，体力开始追不上男生了。

“比赛时，望着男生冲过来的时候我显得不知所措，不敢去扑搂……，突然感到不寒而栗，自己也感到非常恐惧。”庆子心有余悸地说。

不过，庆子还是热爱橄榄球，受到扑搂的时候，就会马上传球给队友，不会只顾自己抱球，牺牲自己诱开对方防守球员，传球给队友。喜欢团体精神“One For All，All For One.”（我为团队，团队为我）。

庆子入读大阪市立文里中学之后，没有放弃打橄榄球，还参加了“寝屋川女子橄榄球队”，至于课外活动就选择加入篮球部。她计划平时打篮球来锻炼身体的灵活性，周日继续练习橄榄球。可是，凡事总不会这么如意，篮球部大部分球员是从小学已开始练习，她们实力远比庆子强，庆子自己表现不好时会很生气，本以为自己有不俗的运动细胞……，“岂有此理，我绝不服输”，在不知不觉间庆子对篮球也钟爱起来。

“打篮球的学生都是与我同年级的，而橄榄球队却没有同年级的朋友，总是与阿姨和师姐们一起练习，自己当然是喜欢与年纪相若的学生一起打球了。”

中学三年级时，在爸爸的鼓励下庆子参加了关东青少年女子橄榄球选拔，那时候，庆子每天都为入学考试温习准备，而参加橄榄球选拔只当作休息的缓冲，怎知她竟然合格了，这就将快要熄灭的橄榄球之火重新点燃起来。

高中考进橄榄球的著名学校大阪工业大学高中（现名为常翔学园高中），还入读升学课程精英班，哥哥也参加这所学校的橄榄球部，她亦受到橄榄球部的邀请，可是她还是拒绝了。在高中一年级的六月，她去东京参加了青少年橄榄球队的选拔练习。

出发到东京时心情既紧张又兴奋。从大阪到东京的旅费要三万日元，是球员自己负担的，幸好有父母在财务上支持。

“我很感谢父母～。”庆子笑着说。

彩香和真理惠却没有参加这次练习，那时她俩正在选择练习橄榄球或田径的迷茫期。

“参加练习的时候，我听到有人说，外面还有几个橄榄球的猛将啊！”庆子回想。

她们到底是谁呢？自然好奇起来。后来才知道，原来她们所说的“猛将”是指彩香和真理惠。

平时的庆子拥有可爱笑脸，但当拿起橄榄球时，即竭尽所能，投入 120% 精神去打。

神奇魔语

女子橄榄球联盟举办的青少年选拔练习，球员从不同地区前来参加，她们自然地与相熟的球员聚在一起，彩香和真理惠呢……。从汐入带式橄榄球转到横滨橄榄球协会，再加上她们平时在釜利谷球场练习的缘故，其他球员在背后称她们为“釜利谷军团”。

加藤庆子——“120％庆子”回想高中一年级的青少年选拔练习，首次见到彩香和真理惠，有一种说不出口的奇特感觉。

“釜利谷的球员只顾自己球员，好像釜利谷她们自己管自己，根本看不起其他球员，好像说：‘其他球员就随便练习吧。’似的，哈哈哈！！”

确实，因为彩香她们从汐入带式橄榄球开始，一直累积严格训练，所以技术和体能都出类拔萃，她们有点看不起青少年选拔球队安排的基本练习。在进行热身运动时，釜利谷球员则进行她们自己的传球练习。

“我并没有不好的印象……。”庆子鬼马地伸出舌尖说。

“我虽然比彩香高一年级，但我有点敬畏她，所以我叫她做‘小彩香’，加了‘小’字来称呼。”

在青少年球队，彩香和真理惠负责后锋，庆子是前锋，位置不同，交流的机会亦不多，可是庆子仍很崇拜她俩。

有时候分红白两队进行比赛，如彩香和真理惠属不同一队的话，就会展开一场“彩香对真理惠”的激战。

“两支球队的比赛就变成彩香和真理惠的对赛，彩香冲破防守的话真理惠就追跑拦截，真理惠跑过，彩香就会拼尽全力去扑搂她，她们俩都没有说出来，但是已看得出她们强烈的争胜心。”

高中二年级时，庆子在青少年队选拔赛中被选中，并远赴新西兰比赛，彩香和真理惠也一起参加，当时彩香对这场比赛已有自己的一套坚持。与新西兰球队进行友谊比赛时，教练指令做某一种进攻作战，接锋选手按照教练的指令，发出信号给后锋球员们，那时位于最后面最后卫位置的彩香却高声发出另一套进攻作战指令。

“彩香当时说：‘可以，可以，试做这种战术吧。’接锋和最后卫发出不一样的指令，我觉得彩香要很有信心才会改变指令的。”庆子说。

同年高中二年级冬天，庆子和真理惠一起被选为精英选手，这次庆子对真理惠表现出的勇气也大吃一惊。

事情缘于在熊本举行纪念比赛的前一天，她们出席“赛前晚宴”，每位球员都要在席间进行自我介绍，到真理惠的时候，她就夸口宣布：“明天的比赛，我一定会做到达阵。”

第二天的比赛，正如真理惠所说的，真的做到达阵，同时亦激起了庆子的斗志，立下决心改变自己。

上了高中三年级，庆子决定参加只有男球员的高中橄榄球部，于是她恳求教练同意，因为她的诚意，终于成为著名的大阪工业大学高中橄榄球部球员。

球队有女子干事专用的更衣室，可是没有安装门的，庆子只好在洗手间更衣。她跟男生一起进行练习，由于体能不及，无法与同级男生们一起跑，于是混入一年级男生队伍，拼命地跟着跑。

五、六个球员一起排列，从球场的边缘开始跑，一边传球一边跑到球场的另一边，跑大约一百米中只能接触一或两次球，就算落后也好，摔倒也好，都要咬着牙根跑到终点线。

“大工大”高中的练习相当紧密，集训从早上六点开始，奔跑传球，来回十五、二十次，当来回超过十次，她开始头昏脑胀、口渴、不由自住地跌倒、筋疲力尽。男球员不会理会她，但是庆子就算拖着腿也会坚持到走完为止。

绝对不会屈服的“120％庆子”亦不会躲避，她还说：“练习太辛苦，起初我好郁闷。”经历过高中严格训练，去做扑搂时不会再有恐惧感了，她认为橄榄球的魅力在于“激烈的扑搂和迅速的进攻”。

三年级的夏天，庆子参加了日本选拔球队出战澳大利亚。这次澳大利亚之旅，庆子和彩香同住一房间，庆子终有机会与彩香倾谈橄榄球技术问题，特别是探索关于比赛中出错时的处理手法，她们更就技巧方面深入探讨了很多。

120％庆子每次比赛或练习都尽力地去做激烈的扑搂，庆子的扑搂“充满斗志”，所以经常受伤，特别是脚踝韧带已伤了好几次。

庆子的座右铭是：

“日日精修！日日努力！”

许多人问：“你是女生，为何要打橄榄球呢？不是很危险吗？”

“大家说危险，可是我不觉得那么危险。例如，棒球要用棒和头盔，橄榄球绝对不会发生金属球棒撞到自己之类的意外事件。”庆子说。

作者问：“你会有什么烦恼呢？”

她的脸红了，笑着轻声说：“脖子肌肉发达，肩膊宽了，穿不下普通尺寸的衣服，甚至项链也带不上，这好遗憾啊！”

可是，她又觉得为了橄榄球，那些小事算什么？

“向世界挑战”是她鼓励自己的神奇魔语，女生也可以向世界挑战。

彩香、真理惠和庆子三个人认为，人只可活一次，所以要向着梦想一直奔跑，带着橄榄球少女的“梦想的力量”不断地向前。

第一次远赴新西兰

“向世界挑战”，高中时代的彩香，已充满上进心，经常说这句神奇魔语。

喜欢田径，可是更热爱橄榄球，因为可以向世界挑战，只要不断努力，有一天总会成为日本代表队队员，挑战海外的强队。

“自己好幸运。”彩香这么想。

日本女子橄榄球正式开始强化训练，彩香在中学二年级时就被选为第一期强化训练学生。后来随着女子橄榄球的发展，有多次参与海外比赛的经验。

慢慢地、重复地说出“向世界挑战”和意思相同的口号，这时彩香心情异常激动。

二〇〇五年八月，神奈川县立鹤见高中一年级的彩香被挑选进入“青少年橄榄球选拔球队”，远赴新西兰比赛。那是自二〇〇二年成立青少年部以来首次到海外比赛。

真理惠、庆子和步美也一起出发。在飞机上，从万尺高空俯瞰新西兰陆地的时候，彩香心情已变得非常兴奋和激动。

向往已久的橄榄球圣地——新西兰。新西兰代表穿的球衣、短裤和袜子都是黑色，这支黑衣军团“全黑队”又强又健硕，多次展开进攻，迅速传球和接球，是彩香最为欣赏的。彩香迷上他们的所有，在汐入带式橄榄球队时，还模仿过他们的战舞，这是全黑队每次比赛之前进行的打气仪式，是源自毛利族的民族舞蹈（Haka）。

“那次出外比赛让我认识到世界。”一想起那次海外比赛，彩香即面泛微笑。

“我当时相当兴奋，新西兰到底是什么样的地方？我当时一点压力也没有，也不紧张，兴奋地蹦蹦跳的样子，到了飞机场心里就飘飘然，与真理惠放声高谈阔论，心情澎湃至沸点。”彩香仍难掩兴奋之情地说。

在新西兰首都奥克兰转乘国内航班，一小时就到了北岛北帕墨斯顿（Palmerston North）。说起那时对新西兰的印象，彩香就忍不住噗嗤地笑了出来：“全是羊群。”

年龄相近的“串烧三兄弟”，她们从青少年部开始已成好友。
（图中：庆子，图右：彩香，图左：真理惠）

那场比赛共打了两场，以十七比四十二败给马纳瓦图（Manawatu）青少年队（十一至十四岁），以十五比六十八再输给马纳瓦图选拔队。这是彩香第一次担任最后卫（Full–back），而并不是她平时担任的接锋（Fly–half）。

“在日本国内进行比赛，从未有人跑步越过我，可是新西兰选手变向侧跑就赶过我了。我不习惯最后卫的位置，无法把握与对方的距离……。防守时，的确是我的施压做得不好，我根本接触不到对方的身体……。”彩香后来说，那两场比赛中，她被对方的速度、传球技巧和整体技术全压倒了。

她惊叹世界橄榄球的水平这么高。这两场比赛中，她拒绝接锋发出的作战指令，而独自大胆地喊出自己的指令。

“啊哈哈！我是个小孩子，真任性！”彩香苦笑。

“大家太警惕对手反而出错，我们身型小，加上胆怯心态更加不行，队友们多次前掉，令我焦急躁动。我尽量保持头脑冷静，我跟队友们提议‘把球传给我吧’。”

另外，也有其他变通的方法，就是在队中的阵地里，彩香传一个巧妙好球给真理惠，真理惠跑到阵线，夺取得分。就凭这个策略，日本队在两场比赛中夺取了六次得分。

“可是最后我们仍输了好多分数，对方的部分球员打得很精彩，像我和真理惠合体一般。也有擅长传球的球员，有些健壮的球员假装闪避却突然正面撞过来。”彩香赛后说。

第二场比赛结束，日本球员沮丧地抱头痛哭，彩香忍着眼泪、板着脸，像一个发脾气的孩子。

剔除体格的差别，技术水平也被对方压倒。新西兰的球员从小开始打橄榄球，有很多的大型比赛经验差别，日本橄榄球的文化和练习环境都无法与之相比。

“岂有此理！”彩香从喉咙深处挤出呻吟，如何才能击败像新西兰那样的强队？

“我和真理惠的合作可以算是天衣无缝了，但还要跟其他球员磨合打法，提高整支球队的协作能力，这样才能提升每个球员的技术水平；另外，我们的国际比赛经验尚浅。”

彩香要求新西兰球员在三角形国旗上签名，透过橄榄球交了新西兰的新朋友，扩大橄榄球的交流圈子。

回国之后，真理惠和庆子被擢升为最高水平的“精英选手”；相反彩香却留在青少年部。

“为什么？”彩香感到挫败，她感到自尊心受伤害，“自己确实偏重于田径练习，有点忽略橄榄球练习。”可是她一心以为有机会从青少年部升到精英选手。

“这是一个没有理据的信心！哈哈哈！”彩香叹一口气，接着说：“我一直以来与真理惠一起打球，她像是我的竞争对手，当然我也想去做精英选手，但被真理惠占先，我愤愤不平，‘岂有此理’！”

彩香总是觉得“岂有此理”，这股不服气使她成长，也激发了彩香的奋斗心。

串烧三兄弟

这是个充满斗志的扑搂。

“看我的！跨出脚，憋住气！”彩香用肩膀冲倒前辈。

“极美妙的扑搂！”在旁队友传来高赞美声。

“只要我认真投入地去做，成绩果然这样好。”彩香沾沾自喜。

二〇〇六年初夏。

高中二年级的彩香在精英选手选拔赛中，心无旁骛地积极打出了应有的水准。彩香当然没有忘记半年前真理惠和庆子已擢升为精英选手时她所受的打击，半年来心里念念不忘要早日被选为精英选手的目标。

“当时的我斗志昂扬，可惜周围都是前辈级选手，比赛时我什么都没做到，我负责接锋位置，可是接了球只能立即传球给队友，却不敢跑去支援，踢球也做得不好……。所以我只能拼命去扑搂。”彩香慢慢地诉说。

当天的比赛虽然表现得有些失准，但彩香仍正式被选为精英选手。几天后，女子橄榄球领导、女子联盟的岸田则子主席亲自来表扬她：“你的扑搂做得不错呀，所以我把你提名为精英选手，这之前我以为你是不会做扑搂的。”

（作者解释）由于带式橄榄球没有扑搂，因此很多人以为打带式橄榄球的球员不擅长扑搂，球员扑搂的经验少，平时打带式橄榄球时，接近对方准备抢取带条时身体姿势不够低，看起来只用手去抢取，所以许多橄榄球教练以为带式球员一般不会做扑搂，但这种看法只是偏见而已……。

精英选手的水平与青少年部相比相差很远，队伍中彩香只认识真理惠和庆子，对十六岁的彩香来说，其他师姐都是“成人”。

“我心想：‘这些到底是什么人？’每个人都很严肃、令人敬畏，脸上都没有笑容。青少年部的水平低，而精英队的球员们都打得既严谨又激烈。”

首先，精英选手对橄榄球的态度非常认真，这是理所当然的，大家除了有自己的工作外，还得确保配合球队的练习和出国比赛的时间，而且大部分开支还得自己负担，不下定决心的话，绝对坚持不了这样的生活。

其次，在训练时，绝对不容许有失误。当进行集体战术的时候，规定每位球员负责不同的岗位，如果有球员任意妄为的话，立即会被骂。

“以前，我持球时向前或向横跑动就可以得分，可是套用在精英选手身上行不通。进攻的时候，如果向横跑，会立即听到严厉叱骂声‘不要向横跑！不要向横跑’。”彩香说。

那年八月。

女子橄榄球选拔球队出战澳大利亚，彩香也有参加，同行的还有真理惠和庆子。球员有二十五人，年龄在十六岁至三十五岁，球队由高中生、大学生、自由职业者、保育人士、学校老师等组成。“挑战和责任”是这次出征的目标。总教练是曾经担任日本代表教练的萩本光威，他悉心指导整体的协调作战，还有培养每个队员角色之间的默契。

“挺有意思的。”彩香被萩本的独有指导方法深深感动。

“那次我第一次认识到十五人橄榄球的乐趣。以前我一个人要做所有的角色，可是，原来每个不同的位置都有不同的技巧和作用，例如接锋有它应该做的岗位责任；防守也是一样，每个位置都要配合来构造一个坚稳的防守系统，大家要组织一条防御网，我在这里学到的东西都很新鲜。”

训练期间发生了一件趣事。

有一天，她们分成两组进行比赛式练习，对手的接锋由前辈横山里菜子担任。她跟彩香说：“你持球的时候，记住要往前出来呀！”彩香大惑不解时，萩本教练停止所有练习，他首先指导接锋和接锋如何互相协调，并解释接锋要做的细节技巧，再总结说：“所以，你一定要积极地往前跑出来才对。”

“原来，橄榄球是这么深奥的，我逐渐理解了其组织协作性。”彩香暗暗地惊叹。

正式比赛队伍的接锋由横山里菜子担任，练习的时候，彩香也试做正式队伍的接锋，要求自己绝不能有失误，所以心情非常紧张。

彩香整个人感觉筋疲力尽。

“我提心吊胆地做，要专注接好球，要准确传好球。如传的球有小小瑕疵，前辈的脸上就露出不悦的表情‘你这是什么传球？’前辈虽然无语，可是却弥漫着一团战战兢兢的气氛。”彩香回想起。

不过，彩香面露淘气的笑容说：“我倒喜欢那种气氛，严肃而紧张的环境也不错啊！”

澳大利亚的比赛地点是东海岸的度假胜地，黄金海岸附近的布里斯本，第一场比赛是与黄金海岸学院，彩香作为接锋先发上场，以二十五比〇大胜。

黄金海岸学院阵容十分薄弱，日本队虽然以年轻选手为主，但大部分时间控制住了球赛的节奏。萩本总教练给予了她们很高的评价：“经过这场初战，将来她们可带领新一代的年轻女子选手上场比赛，这支年轻队伍表现得非常精彩。”（引述自日本协会网站）

可是彩香并不满意自己的表现，虽然进攻的机会很多，但多次取不到分。彩香记得一次她传球到翼卫（Wing）后，立即追跑到外面做支援，但她发出的“给我传球！”的指令不够响亮，结果没有机会接到球。

“是我的指令不够清楚，不够肯定……，也许我们尚欠默契，缺乏互信精神。”

比赛之后，萩本总教练也指出她沟通上仍有问题：“为什么那时候没有更大声地叫出来？要更积极地展示自己，表现吧，你年轻，要有坚定的信心去做！”

彩香想起出战澳大利亚刚开始的时候，彩香、真理惠和庆子一起听萩本总教练这样说：“你们三个人要有强大的自信心，不用客气，尽情发挥！一切都是挑战。”

岔开题话讲一件趣事给你们听：当时日本流行歌曲《串烧三兄弟》，队中大师姐说彩香、真理惠和庆子三人像“串烧三兄弟”，特别疼爱她们，也有球员称她们为“傻瓜三人组”。

彩香听罢笑了。

“我们只不过是不知天高地厚的小孩子，在队伍中，师姐们常把我们当做外客。”彩香面露笑容说。

到底这些孩子是什么人？有些大师姐确有这样的想法，彩香知道后确实有点不开心地说：“我们也很尊敬她们，因为大家都了不起。”

连接到世界的天空

澳大利亚的比赛还未完结，“串烧三兄弟”彩香、真理惠和庆子天天都体会到新的经验。

布里斯本的阳光特别灿烂，萩本光威总教练利用各场比赛之间的空闲时间，继续进行传球、接触（Contact）、进攻和防守的练习，每个练习都要求严谨地做好基本动作，所以大家非常认真。

二〇〇六年八月二十四日。

日本选拔球队与昆士兰州（Queenzland）培训队进行比赛。首先上场并担任接锋的是横山里菜子，彩香那场赛事做后备。

日本选拔队以二十九比七大胜昆士兰州培训队，比赛的最后三分钟，彩香才得以派上场，可是什么也没有做到，只留下了遗憾的感觉。还记得在场上，我队进攻时，彩香听到后锋球员说：“后面有空位啊。”

昆士兰州培训队的后面没有人防守，负责接锋的彩香只要踢球到那个空位就应该有入球的好机会。于是，彩香正准备踢球的一刻，突然有位正锋选手大声喊道：“她不会踢！不会踢球！传球吧，传球给我吧！”

这对彩香来说是一个大打击，感觉受到屈辱，灰心得快要涌出眼泪。彩香还是按照前辈的指令，冷静地传球给后面的队友。

“本来我准备踢球到昆士兰州培训队后面的，可是没有勇气做，好后悔！对当时未能说服自己，没有坚持想法，我感到难过。当时不能说出自己的意见好悲愤，委屈。”彩香不甘地翘起嘴角。

彩香对待前辈客气有礼，但感觉大家像对待外客一般对待自己，还没能得到队友的信任，融入队中。

“接锋的角色很重要但却很难做得出色，需要用广阔的视野俯瞰整场比赛而清楚分析情况再迅速决定战略，而我却未能与队友们默契协作。”彩香因此感到郁郁不欢。

接锋要决定作战策略，比赛时就不分辈份及年龄，需要给予正确指令来控制球赛节奏。彩香发觉以十六岁作为借口，仍依赖别人，对自己有这样的想法很生气。

作集体战法的橄榄球应该是怎样？接锋应该怎么控制球赛才对呢？彩香反复思量，钻研橄榄球。

“我对橄榄球的看法大大改变了，基本上与带式橄榄球一样，可是每个位置的作用却与带式不同，橄榄球更加要求每个位置做不同的角色，并要求更加主动激烈的表现。”

回国的前一夜，举行“结束晚宴”，萩本总教练和前辈选手们喝啤酒，彩香她们“串烧三兄弟”则以橙汁代酒干杯。

大家都喜爱橄榄球，话题自然都是围绕着橄榄球，彩香到处找前辈们请教个中诀窍。醉后的萩本总教练吐露了一些橄榄球窍门。

例如：“接锋要做先内后外！”

意思是接锋首先要做向里面传球的假装动作来骗对方，之后传球给外面的队友。把球大幅度移动，利用场地的大面积，这是接锋的基本动作。

“自此之后，我总会留心先内后外。”这顿结束晚宴令彩香在橄榄球知识的领域里又向前一步。

海外参赛获益良多。

每次远赴海外比赛的经历，特别对年轻球员来说，都会成为她们宝贵的经验和财产。彩香埋首于橄榄球，从前辈和对方球队得到很多启发，除了认识到自己不足之处，亦了解自己要改善之处，她深深感受到橄榄球的奥妙之处。

高中一年级夏季远赴新西兰参赛，高中二年级夏季到澳大利亚参赛。

作者问她对这两个国家的印象，试着用颜色作下比喻？彩香哈哈地笑，微微点着头。

“印象中，新西兰是跟那边天空一样的天蓝色，而澳大利亚是夕阳的橙色。两次海外参赛都很充实，每天过得很开心，任何打法、练习都有意义和收获。我觉得，那是青春的颜色，热情的颜色。”

蓝天和黄昏，仿佛连接着世界的天空。对彩香、对日本女子橄榄球，那像是一双热情的手，带领着她们迈向蓝色天空的世界。

亚洲第一

脚踝感到剧痛。

二〇〇七年三月某日，是高中二年级末期。

彩香为了参与 U23（二十三岁以下）日本女子代表队出战香港国际七人橄榄球赛的集训，在练习一对一的扑搂时，被扑搂的彩香用双脚使劲站住的时候，拍档用双手用力紧抱而扭住左脚踝。

“就是那时弄伤了脚踝。”彩香慢慢闭上眼睛。

“拍档蹲着来使劲地抓住我的脚……。呀！痛得好厉害。”彩香面露痛楚。

在举行出国前欢送比赛，彩香负伤上阵，她用胶布缠着左脚踝，哭丧着脸做热身，忍受着痛得快要晕倒的痛苦担任接锋。

“自此之后，我经常扭伤脚踝。”彩香说。

三月下旬，彩香带伤参加香港国际七人橄榄球赛，真理惠也一同出发。当日与中国和新加坡比赛，彩香竭力为球队奋战。

“因为受了伤，我显得举步维艰，虽然如此，但仍作出多次支援真理惠而得分，我已尽力发挥，因此 U23 队友们让我认识到我的价值。”彩香自豪地说。

从香港国际七人橄榄球赛后回国，彩香要出席高中三年级开学典礼。很忙。

接着便是四月二十七日在中东卡塔尔（Qatar）首都多哈（Doha）举行的亚洲七人橄榄球赛，左脚踝骨伤还未痊愈，彩香入选日本国球队代表之一，虽然是七人橄榄球赛，但这是彩香第一次以日本代表的身份出场比赛。

从关西国际机场出发，花十二个小时才到达多哈机场。当日阳光普照，最高气温达到摄氏四十一度，超乎想象的炎热，练习时一下子就汗流浃背。

彩香受脚伤和高温折磨，差一点就屈服了，前辈横山里菜子担任正式接锋，这对好胜心比别人更强的彩香来说，做后备当然不愉快。

像多哈城市的空气，彩香的心中很郁闷的。

“我是第二位！心想无论如何也要出场比赛，我好难过，还没得到队友的信赖和支持，也不能参与这场重要比赛。”彩香有点失落。

在亚洲七人橄榄球赛开赛前，中国队因签证手续出现问题，被迫取消参加，因此比赛方式改为参与的八个国家进行重叠赛，日本队主要对手只有哈萨克斯坦队。

日本在预选赛赢了香港、阿拉伯、泰国、乌兹别克斯坦、新加坡和斯里兰卡，但以七比十仅败于哈萨克斯坦。

决赛日，日本再次对战哈萨克斯坦，结果以〇比二十五大败。日本队在冲击力、支援的速度、迅速把握时机、危机处理能力方面全都不及哈萨克斯坦。

彩香约出场五次，可是没有参与关键的与哈萨克斯坦的对战，横山里菜子前辈是自己队伍的竞争对手，由于经验不足，欠判断能力，缺乏队友的信赖，彩香和横山前辈之间还是有一段距离。

出发到多哈前，教练江野泽美穗跟彩香说这句话：“里菜子对你有戒心，要是你想出场，表现必须胜过里菜子。加油吧！”

这次教练和职员也到多哈陪同比赛，跟在香港比赛时不同。七人橄榄球与十五人橄榄球一样，防守最重要的是构造好防御系统，每个人都有不同的位置和作用，彩香曾受过这方面的指导，觉得很有趣味。

这次彩香的表现没能超越横山里菜子，而且得到队员的信赖亦非一朝一夕所能做到。

彩香还记得江野泽教练比赛前鼓励球员的说话：“队伍犹如家族，为了家族，你能否牺牲自己呢？这才是关键。”

“美姐（江野泽教练）说得对，你能贡献多少给队伍才最重要，我还没能做到，只得继续拼命，就算很短的时间也好，我想出场比赛，所以不顾一切去做好。”

彩香缺少的是控制比赛节奏和临场判断的能力，需要学习更多的组织战法，除了传球和突破能力之外，还要加强踢球技巧。例如，接球时奔跑之外，传球之后要马上去支援；防守时，大家要协调组成一个墙壁，大家组成一条线去施压。

“我专注地学习，我认识到团体作战（Team Play）的重要性，橄榄球不是我一个人打的，有队伍才有我。”彩香说。

之前队伍对待她如“外客”，不过前辈们逐步改变，现在已视她作伙伴。离开球场，她们就会一起谈天说地和开开玩笑。

“我们能够一起做傻事，前辈们说我是‘傻瓜大学的学生’……，她们喜欢戏弄我！哈哈哈！”彩香傻呼呼地笑着说。

在多哈住在拉玛达酒店，彩香与辻本司同住一房，决赛的那一天早上，辻本司用酒店房间供应的白色笔记纸和蓝色笔写出了：“我们一定要夺取亚洲第一！”

彩香看后好感动，要求辻本司送她那张纸条，彩香把它带回家，还贴在房间的墙壁上提醒自己。

现在床边墙壁上有一张用金黄色钉子钉住的纸条，就是当时从拉玛达酒店带回来并已经沾有污垢的那张，每天早上彩香醒来时就看到那些蓝色笔字写着：“亚洲第一！”

泪水的最后赛跑

彩香在“县鹤”（神奈川县立鹤见高中）隶属于田径部，在练习橄榄球的同时，亦在校园跳跃跨栏，橄榄球和田径，两样都必须有充沛体力，看起来容易却需要极大的意志力来坚持。

“因为我不想输给自己！”彩香解释“脚踩两只船”的理由。要比别人努力，就可以比别人更成熟，彩香分析自己是依靠后天的意志力，多于依靠天赋的力量和速度。

彩香刚中学毕业时也许是由于疏于练习的缘故，入读高中时胖了些，她体重五十公斤，是比理想体重多了三公斤。对田径选手来说，三公斤的影响已很大，感觉自己有点笨拙。而且，高中田径赛所使用的跨栏比中学的还要高，栏间的距离也从八米加长到八米五十公分，长了五十公分，需要更多的速度和技术。刚入高中时，彩香的一百米跨栏的平均速度是十七秒多，比自己个人最高记录（十四秒九八）慢两秒。

“我跨栏成绩不好，花了约年半时间才追回原先的记录。”彩香垂下头。

直至高中二年级时才恢复本来的敏捷，虽然要兼顾橄榄球和田径而感到好辛苦，但看着田径成绩有进步又是另一种成功感。一百米跨栏的记录是十五秒多一点，虽然未能晋级高中神奈川县大会决赛，但彩香已经很满意所做出的成绩。彩香坚信只要有信心，刻苦去练习就会有进步。

可是，从高中二年级升高中三年级时，彩香脚踝严重扭伤了。因为脚踝伤势严重，田径练习做不好，而且没有遵从医生的吩咐，赶着做康复治疗，所以又再一次扭伤了脚踝骨。不知脚踝能否在大会前康复，她心急如焚。

“我做任何事情就急着地去做，所以就经常扭伤脚踝的旧患。”彩香经常被伤患折磨，频频去新横滨日产球场运动医院做脚踝康复治疗。放学先回家，然后由父亲英夫开车送她过去。

“那时对彩香来说是一种考验，当跨栏成绩逐渐有进步时受了伤，一定是个沉重的打击。看到彩香忍痛时我也难过，开车送她时也感心酸。”英夫忆述。

高中三年级参加全国高中体育大会县预选，彩香却发挥不到水准。高中最后一次的秋季横滨市邀请赛，在横滨三泽陆上竞技场上，彩香准备倾尽全力去比好最后一次赛。

彩香一百米跨栏的决赛成绩是第二名，未能刷新自己的记录，既已竭尽全力，所以十分享受比赛前的紧张心情，还有比赛中疾驰的爽快感。

跑完之后，不知为何，彩香泪水不受控制地流出来。

爸爸英夫偷偷地到现场支持，果实市场工作下班后立即开车赶赴赛场，这是第一次也是最后一次观看女儿的田径比赛。

英夫想把女儿奋斗的样子牢记在脑海中。应该是受伤的后遗症，看起来彩香的状态还未恢复，英夫在旁为正绷着脸拼搏跨跑的女儿呐喊支持。

冲过终点线后，彩香沿着主看台旁边缓慢跑时，爸爸一边大声叫，一边高挥右手。

“彩香~，你做得非常好！”英夫十分感动。

女儿受伤之后曾做了多次康复治疗，才可以完成田径比赛，英夫深深体会到女儿做不出好成绩的痛苦。

“看到女儿在最后一次比赛中全力以赴时，强忍泪水。她带着伤痛，要胜出比赛，全凭坚毅的意志力来完成。”

彩香的高中生活就此结束。其间虽然被伤患折磨，但仍努力穿梭于橄榄球场和田径场，又交上了男朋友，还带着热情参加了文化节和体育节等校内活动。

作者又再一次问她，用什么颜色比喻高中生活？

彩香深深叹息，表情略显忧郁。

“是一种痛苦的颜色，只是忙碌，却没有美好的回忆；朦胧地，像有好几种颜色混在一起；不，是一种混浊的颜色……。应该是灰色吧！”

混乱、焦躁、苦恼，还有感谢，彩香的高中时光，这样一眨眼就过去了。

最后一次比赛中，彩香倾尽全力想去做好，但却发挥不到应有的水准。

第四章 世界之墙壁

愧对初次代表帽

彩香的人生像橄榄球一样，不断地旋转。

二〇〇八年春天。

十八岁的彩香入读了横滨关东学院大学后，她决定一心一意地打橄榄球，但却没加入大学的橄榄球部，原因是该球队只有男球员，加上前一年十一月份有位球员种植大麻的事件被揭发，因此球队暂停所有操练。

彩香因此而多了课余时间，每周六、日仍留在釜利谷球会打橄榄球，平日不知应如何打发课余时间，彩香为此实在苦恼不已。

“不再像高中时代，在大学里我没有参加任何活动，所以要凭毅力去鞭策自己锻炼体能。一个人练习就会松懈，觉得累时，就会找借口偷懒，只随意做些锻炼肌肉的运动。”

彩香开始在餐厅兼职，每周上班两天，一个月到日本体育大学女子橄榄球部凤凰球队参加训练两、三次，其他日子则自我操练。

彩香放学后就回家，走十分钟就到入船公园，这是一个大公园，彩香每天会从家跑步到这里，公园里设有儿童棒球场，也有绿茵草地；从公园的一边到对面一边约有八十米的距离。彩香先围绕公园跑步数圈，之后短跑，然后再步行，又再跑步、步行，重复做一小时。接着是腹肌和背肌锻炼，分别做三十次为一组，共做十组，最后还做一百次俯卧撑，这算是对自己的磨炼。

“一个人练习时总会想着女子橄榄球的将来，脑海更会浮现一些模拟比赛的场面。下次比赛时要尝试这样的战术或那样的战法。”彩香笑着补充：“还有我要瘦身。”

由于要准备应考大学，有半年没有做重量运动，入读大学时体重增加了五公斤，接近六十公斤。想要瘦身却不知从哪里着手，只是简单跑跑步，出点汗。一个人练习不容易减磅数，体重几乎没变。纵使如此，彩香仍被挑选入日本代表队，参加六月举行的女子橄榄球亚运会。这次是十五人橄榄球赛，球员共二十一人，首次入选的年轻选手和经验丰富选手各占一半，真理惠也在其中。

亚运会胜出就是亚洲第一。这次中国不参加，只由六个国家争夺，比赛地点是哈萨克斯坦。彩香参与对战新加坡的初赛，这场赛事对彩香来说很有纪念意义，首次代表上场，取得第一次的“代表帽”。代表帽是给予替国家队比赛的选手，不过……

“一点感动都没有，什么感觉也没有，反而给我留下悲痛的回忆。我缺乏国家代表的醒觉，体型太笨拙而且跑动缓慢，在赛事上未有发挥所长。”彩香绷着脸。

与新加坡队作战一役，彩香唯一记得自己曾踢球，真理惠捡到球及最后入球的片段，比赛终以十七比十胜出。由于个人未有大展所长，彩香对这场赛事的记忆几乎是空白。

决赛与主场的哈萨克斯坦对战，以三比三十九惨败。日本队连一个入球也没有得到，哈萨克斯坦前锋经常组成坚固的推土机般的冒尔（Maul，大家站着推挤而夺取球的场面）对日本队员进行推压，日本队当时束手无策，完全不知所措。

“输得好惨，哈萨克斯坦组成冒尔来推压我们，取得罚球机会时，我的踢球却飞不出边线去，这使我羞愧得无地自容，好想找个洞躲进去。”彩香羞愧难当。

彩香进入大学之后才开始正式练习踢球，仅仅只有两个月的练习时间，就要在正式比赛上踢球，比赛中取得罚球机会时，她本想要把球踢出边线，但始终踢不远。

“对我来说，踢球是个未知的世界。”彩香一提起踢球就泄气，声音变小起来。

那是首次代表出赛，却沮丧回来，唯一的收获是了解自己的不足之处和知道要改善的地方。

“我痛心极了！必须把踢球练好，必须瘦身，还必须锻炼身体，我的体能没有达到‘零水平（合格线）’，仍是负水平，身体动作欠灵活，却要代表国家出赛，精神和肉体两者都受到了严重的打击。”彩香不满自己表现。

高中时代，彩香对自己的体能蛮有自信，可是经过半年的空窗期，她觉得自己变回了一个普普通通的平凡球员。不能！不能！绝不可能。问自己怎么想？之前的自信全枯萎了。

“之前我拥有一股无比‘莫名其妙的自大狂’气势。可是现在已随云雾而散去，我不得不承认自己只是一个非常普通、平凡的选手。”彩香自信尽失。

不能这样继续下去，必须重新振作，现在开始锻炼。伤痛中许下诺言，彩香探出身继续说：“往后的日子，我要努力不懈地拼搏了。”

击败哈萨克斯坦的雀跃

那是对自己的挑战，亦是趁机报仇的大战。彩香这样形容世界杯“亚洲七人橄榄球外围赛”。

二〇〇八年十月，在香港。

日本队由格兰特·杜丽（Grant Doorey）担任总教练，队长由三十五岁的安杰拉·尔婷（Angela Elting）出任，有包括二十六岁的兼松由香在内的共十二名选手。当时大学一年级的彩香刚过十九岁生日，是队伍中年纪最轻的球员。

“所有赛事细节都能给予我启发。”彩香道。

“大家拥有远大的理想，各人都清楚自己在球队的作用。练习和比赛时刻都抱着作战状态，是一支很优秀的球队。”

队伍的目标是夺取“亚洲第一”及“获取世界杯入场券”，所以特别着重进攻战略。日本代表反复练习传球技术，不可弯曲胳膊，要像拳击一样，快速摆动胳膊来传球。这项练习的目的是加快传球速度，扩大进攻范围。

虽然彩香年纪最轻，但对前辈选手们一点都不畏惧，每个人都有自由发言的权利，谁都可以畅怀地提出意见，大家以同一口号“一起合作、一起挑战世界杯”而齐心合力。

比赛第一天，日本初战大胜中国台北，不过第二场比赛却以十比十二败于新冒起的泰国队。彩香在下半场中途代替坪井良子出场，刚上场的时候，彩香向边线外踢球，球却没有过界，泰国队迅速接球并进行反攻，结果达阵得分。之后日本队展开连串反击，可惜仍未能扭转劣势。日本第一次输给泰国，彩香更受到重大挫败，好像自己要负全部责任，我们无缘竞逐世界杯了。一想到此，彩香便泪如雨下。

“因我的过失而拖累大家，挑战世界杯的梦想成泡影，我没有面子回国了。”彩香想。

彩香在主看台附近找到座位坐下，用毛巾掩着脸抱头大声痛哭。这时辻本司前辈走过来轻轻拍她的肩膀安慰：“现在伤心也没有用，不要再哭了，我们还有机会的，永远往前看吧。”

事实上，日本队还有机会挑战世界杯，只要第二天的比赛胜出就可出线。因此，夺取亚洲冠军的希望也仍在。

“我不知道希望还在！辻本司前辈刚说还有机会，恐怕因我失误而错失进军世界杯的机会，我心情仍然未能走出阴霾。”彩香责怪自己。

平时样子很严肃的二十七岁长谷部直子，在返回酒店的路上却温柔地安慰彩香：“不要紧，只要赢到下场比赛就可以了。”

“我真是个爱撒娇的孩子啊！”彩香娇嗲地说。

日本队在酒店内开检讨会，商讨计算进入世界杯的机会，这时彩香的心情才稳定下来。总教练格兰特・杜丽分析，刚才比赛的整体表现策略并没有问题，不需要特别改变战略方针，只要发挥平时水准，再接再厉，明天就可以胜出。接着总教练转头凝视着彩香再加补充：“明天的比赛，由你负责决定作战指令吧！”

“互信、团结、勇气”彩香非常重视这三大元素，这比其他任何东西都重要。比赛第二天，彩香非要“挽回名誉”不可，队友们的想法都一致。半决赛对手是哈萨克斯坦，是上次亚运会（十五人橄榄球赛）时令日本惨败的对手。

对日本女子队来说，哈萨克斯坦是她们前进的一块大绊脚石，每个人都曾为之前的失败流过无数次伤痛的泪水。

“我继续打橄榄球的原因就是要击败哈萨克斯坦队。”资深球员坪井良子说。

彩香对那次比赛记忆犹新，是个快要下雨的阴天，进入球场，球员在球场中央附近围成圆圈，比赛领队（Game Captain）兼松由香高声大喊：“我们誓要胜出这场比赛，改写日本女子橄榄球的历史！”

首先上场的彩香听后非常感动，差点忍不住流泪，心情澎湃，深深感受到大家为日本女子橄榄球背负的使命。

“今天是大日子！一定要改变历史。这场比赛非赢不可，不然的话女子橄榄球和我的前途也会尽失。”那天的彩香感觉十分实在，清楚洞悉哈萨克斯坦在球场上的一举一动和战术，彩香打得比平时更活跃、勇猛。

“比赛开始的时候就有一种莫名的好预兆，觉到今天自己的表现会很理想，可以凌驾哈萨克斯坦。我更不断向接锋的妙前辈（首藤妙）要求传球。”彩香雀跃地说。

上半场双方没有得分，可是快将结束的时候，彩香前掉犯规。中场休息期间，落选队友高桥真弓前辈走过来鼓励她，轻拍她的背说：“不要紧，继续加油。”

“她的勉励挽回了我的自信。”彩香笑着。

下半场刚开始，对方犯规，日本队马上趁机展开猛烈攻势，在哈萨克斯坦阵地右边中线附近组成拉克 (Ruck，地上争持球)。负责接锋的首藤妙猛然推开哈萨克斯坦的前锋选手并传球到后面的队友，干步美捡起球立即跟彩香来一个短传。

这时，彩香、辻本和长谷部已组成一条进攻线，同时，哈萨克斯坦球员也筑成防守线抵御。

“当时我正想传球给辻本前辈，可是她给我一个否定的表情，原因是哈萨克斯坦球员已铺好防守线，她的表情代表‘不要传球给我。’那瞬间，我马上留意到右边出现的空间。”彩香机警地说。

这时彩香有意无意地做出假装传球的动作，假装向左传球来误导哈萨克斯坦球员，马上迅速向右空位跑。右外有冈田真实跟着支援，这时对方只有一人在防守，她面对着翼卫的冈田防守，这时出现“两个进攻对一个防守”的局面。

彩香继续拼命跑，不顾一切地跑。但另一边哈萨克斯坦的翼卫球员狂追赶上来，哈萨克斯坦球员跑得相当快。

在终线前五米，彩香用左手推开哈萨克斯坦球员，可是对方追上来抓住她，彩香受到扑搂时仍奋力扑进右中间的达阵线上，彩香一口气共跑了约四十五米终于达阵得分。

“我好像看到自己的跑道，像被白雾笼罩般的模糊的一条路，是很奇妙的感觉。冲破对方防守后，所有的画面就像慢动作，兴奋加冷静混在一起的心情来决定‘我要一直跑到最后。’当时我听到

彩香在世界杯七人橄榄球赛第二战未能得分，但当日获得的宝贵经验成为她日后的资产。

背后队友大声提醒‘彩香，对方追上来了！’”彩香仍在梦幻中。

彩香受到队友们的热情祝贺。“做得好！”“好极了。”“彩香，好漂亮！”教练们也附和“彩香，精彩绝伦～。”

比赛后，来自京都的田中智绘以关西人的幽默口吻这样表扬彩香：“那是个完美的入球，彩香跑得慢，反而哈萨克斯坦球员跑得快。令大家既担心又紧张，最终竟然达阵了，那是一个戏剧性的场面。”

接着，日本队以美妙的扑搂来抵御哈萨克斯坦队一连串的反攻。

不久彩香被调离场，唯有在场打气支援队友。日本队终于没有再给哈萨克斯坦队入球机会。

比赛结束，日本队以彩香所取得分，五比〇击败了哈萨克斯坦队。师姐们吐气扬眉、欢呼雀跃，“我们成功了～。”在七人橄榄球和十五人橄榄球当中，日本队首次战胜强队哈萨克斯坦队。

彩香松了口气，同时稳获了世界杯入场券：“那是一个宝贵的经验，沟通、信赖、平衡。以我的经验来看，这是当今历史上最强的日本球队。”

世界之墙壁

二〇〇八年十月五日傍晚，那天下着倾盆大雨。世界杯七人橄榄球赛之“亚洲七人橄榄球外围赛”女子决赛在香港的球场举行。

日本男子七人橄榄球代表队也来到主看台替女子队打气，大叫“加油～，加油～”。这次再战泰国队，在分组赛时日本队不幸先输一局。大雨阻挡视线，刮着大风，彩香仰望天空盘算着：“雨下得太厉害，脚踢球后，队友们看不清楚球往那边走，竟往另一方向去追接。幸运地，接着要比赛的日本男子队仍留下替我们高呼支援，日本球队上下齐心、团结一致。”

最有攻击力的泰国队主力球员就在彩香的对面，速度好快，技术卓越。彩香坚信地对自己说：“我会使出浑身解数来压制她的进攻。”

上半场失了两次达阵得分，以五比十二落后。

下半场日本队开始猛烈反攻，凭借田中智绘达阵得分而将比数逼近，比赛快结束的时候，从左边位置再向右边展开传球，庆子和首藤妙做了重叠传球 * 动作来成功得分，首藤妙完成戏剧性的决定性入球，达阵得分。（ * 解释：首藤传给庆子之后马上向外面跑，庆子向前跑，当首藤跑到庆子外面的时候，庆子传球给首藤。）

彩香下半场中途被调出，在旁专心为队友打气。

“观赛时没半点会输掉的预感。我在旁边默默祷告‘必胜，必胜！’眼前看到的赛事是黑白颜色，球赛精彩激烈，仿佛是电影院的大银幕。”彩香说。

日本队以十七比十二胜出了这场比赛，并获得世界杯七人橄榄球赛出场权，同时勇夺亚洲第一的称号。格兰特·杜丽总教练说：“女子队虽然集训时间很短，但每次练习都有进步和启发，我想她们会越战越勇。”（原文引述自日本橄榄球协会网站）

男子队也同时夺取冠军，男女子组分别在决赛一起获得亚洲第一。那时跟男子队在球场一起拍的团体照片，现在仍然挂在彩香的房间里，是她的珍藏之一。

“久违的自信心回归了。与哈萨克斯坦队比赛时，我已下定决心，把自己的生命奉献给球队。”恢复自信后，彩香人生又迈进一大步。

二〇〇九年，三月。

日本女子代表出战七人橄榄球赛世界杯，在气温极高的火热迪拜（Dubai）举行。这次男子比赛已是第五届，而女子比赛则是首届。

比赛前，她们的主力选手兼松由香因膝盖十字韧带受伤，无法出赛，这对团队来说是一大噩耗，彩香发了个电话信息给兼松，内容满载着年轻人的承担和责任感，短讯内容是：“大家希望与由香前辈结伴去迪拜参赛，我虽还没接受由香前辈未能出席的事实，如你因伤不能赴战，那么我将临危受命，带领队友奋勇作战，请放心。”

身心受创的由香传过来回复：“我一直期待着新晋接锋球员出现，彩香的出现，我好欣慰。彩香，你一定会做得很出色。请把你的手机关掉，专心勇往向前吧！加油。”

与由香传给彩香的短讯内容一样，彩香担任接锋角色，拼劲去打。凭着精准的判断力，的确上演了一幕节奏流畅的对赛。

可是原来世界的墙壁真是高不可攀，结果日本队四场都是惨败收场，队员个人的力量、速度等所有方面都大大落后于外国队伍。

分组赛B组（三月七日）赛果：

第一场日本十一三十一俄罗斯

第二场日本〇一三十三美国

第三场日本〇一四十七英国

银碗奖四分之一决赛（三月八日赛果）：

第四场日本五一二十一中国

“她们各队都好强劲。”彩香叹了一口气。“第一，速度追不上，她们跑得很快……。力量和体能也都有很大距离。”

初赛与俄罗斯碰头，比赛期间发生了一桩事件，令人更了解彩香的性格：事情缘于彩香在上半场快结束时被调出。她刚刚了解对方的战法和弱点，准备开始反攻时却无故被调离场……。比赛后，心生不忿的彩香向队友大吐苦水：“就是途中把我调出，所以才惨败。”

冈田真实听到这番话后感到不满，并讶异地说：“你竟然说这样大胆的话。”

日本队在分组赛全军覆没，但赛制是各分组赛中榜末队伍仍可角逐银碗奖。银碗奖与中国队对垒，下半场开球一分钟后，日本队向左边发动攻势，真理惠和冈田真实进行重叠战术（传球者跑到接球者外面而再接球的进攻法），真理惠大幅度推进，最后冈田做出达阵得分，比数逼近了两分，可是最后因双方体能悬殊，再失两次达阵得分。

“大家抵不住炎热的天气，都筋疲力竭，第一天的三场比赛已消耗所有体力，本应不会败于中国队，可是她们趁着我们的失误，而抢分成功。日本队在技术层面来说，比中国队强，但体能方面则中国队优胜，我们体能不够，应付不了整场高能量急速的打法。”彩香忆述。

这届世界杯男子橄榄球决赛威尔士（Wales）击败阿根廷夺冠，女子决赛则由澳大利亚（Australia）击败宿敌新西兰赢得了首届世界杯女子橄榄球赛冠军。

各国为了应对奥运会而开始提升整体水平，实力明显地提高，在这种潮流气氛下，日本队也不能怠慢，否则会落后于其他国家。

迪拜周围被沙漠围绕，近年经济急速发展，高耸林立的大厦拔地而起，在这个大城市里，大球场旁边竟然设有原野风味的骆驼牧场。“月亮下的沙漠～”在皎洁的明月夜空下，彩香吭着这首歌。

“那次世界杯让我清楚知道世界的水平，也巩固了我的自信心，相信我也可以做到相同的水平。同时，我深切体会到，我必须加倍努力才能达到该水平。”彩香自信地说。

Photo : Takumi Photography

兼松由香

竭尽所能

彩香在迪拜世界杯七人橄榄球赛亲身体会到世界水平之高，其他队员亦有同感。

四战败北，无缘晋级。当日本代表时间越长，受挫折机会越多，别说参赛前因伤缺阵的兼松由香，就连一直率领日本女子橄榄球的辻本司、长谷部直子等经验老到的选手都受到很大的挫败。

冈田真实也一样。一九八〇年出生，比彩香大九岁，被橄榄球迷到入骨的女战士；身高一六六公分，体重六十二公斤；已入选日本代表十年。她外表清丽脱俗，眼神坚定而自信；她样貌娟好，是一副战斗运动员的面孔。

“虽则被赞扬是一支好球队，但是未能取胜便没意义，毕竟对球队来说获胜才是最重要，我们代表亚洲进军世界杯，竟然无法胜出一场，实在太失败……，非常的泄气。”冈田真实眼望远处，感慨地叹了一口气，想起当时的赛况。

“我们与俄罗斯对赛前已做好战术准备，但被当时炽热的气氛吓倒，队员太紧张，发挥不到应有水准，我更无法放下败给中国那一场比赛的阴影。”

被俄罗斯击败后，大家留在更衣室内，非常气馁，彩香借机埋怨着“全因中途把我调出，才会输掉。”彩香仍感不忿。

“这是团体运动，谁也不知道何时会被调出，我认为落败的真正原因并不是这个。”真实对彩香这番话有点生气而反驳。

球队是好像有生命的东西，随着时代的变化，它也会转变。女子橄榄球初期规模很小，大家在凹凸不平的河边空地进行练习，许多选手在恶劣环境下，还要牺牲私人生活而埋头练习，再者，队友之间存在着严格的辈份关系。幸好大家都喜爱橄榄球，一起为了日本橄榄球共同奋斗。

当真实忆述往事，辛酸的眼泪就不其然流出来，年轻选手到底是否知道以前艰苦奋斗的环境？希望彩香等年轻选手们会秉承谦虚有礼的态度。真实牢牢记住这句话——比赛前教练曾说:“为了队友，你能否牺牲呢？”

就是决心，破釜沉舟的决心才重要。所以每次练习的时候都拼搏去打，特别是防守的扑搂练习，从头冲进到拉克 (Ruck　地上争持球) 来用力推开对方。

“我总是卖命去打，我只能这样做！”真实说。

女战士的故事是从名古屋的球场开始，一九九八年真实十八岁，高中时代热爱篮球，毕业后入读医疗专科学校。大她三岁的姐姐在名古屋女子队打橄榄球，曾是日本代表选手。有一天神户制钢橄榄球队球员来参加练习，真实刚巧也陪同姐姐来参与。

第一次接触橄榄球，已不顾一切地追跑着椭圆球。真实喜欢上碰撞时的爽快感和扑搂的刺激感。

神户制钢的大八木敦史（前日本代表选手）看到真实卖力的表现,走过来赞扬她:“你有打橄榄球的天赋和才华,不如正式加入吧。”

“当时因练习人数不足，我是补缺而参与练习的，由于当时大八木先生大力嘉奖我，兴趣便油然而生；亦因为同时想跟姐姐一起做代表选手，心里更想超越姐姐的表现。”真实含羞地笑。

真实加盟了名古屋女子队，很快成为橄榄球的“俘虏”，身体的碰撞，奔跑、拼命地跑，也认识了很多各地的新朋友，自己也渐渐地从中成长改变，视野扩阔很多。

二〇〇〇年十二月，真实第一次被选为日本代表，参加十五人橄榄球世界杯亚洲外围赛的香港战，担任正锋，在七人橄榄球中也是代表之一。

二〇〇一年出战香港七人橄榄球赛，取得第一个代表帽，后来她转任翼锋位置。

作者问及冈田真实做年长球员代表的历程，她幽默地说：“年纪来说，我是超群出众的第一名。”

这十年来女子橄榄球的变化也十分巨大，最兴奋是七人橄榄球被选为奥运会竞赛项目之一。

“媒体开始关注我们一举一动，经常听到奥运会的名字，女子橄榄球的知名度也明显地提升起来，但是我们要做的事却没有改变，就是继续努力操练，争取好成绩。”

真实了解自己在队伍担当的角色，而比赛战术方面就交由彩香代办，自己专注加强防守，在不起眼的点着手做出贡献。

目标是“亚洲第一”。

“为了达成目标，我们就得要奋勇挺身去发挥。年轻球员也要积极地表达自己的意见，有时会反驳彩香的看法，进行互动讨论及交流，有这样坚强的心态才对。”真实鼓励队员。

真实认为大家开会时太被动，彩香每次发言，有些年轻选手只低下头来，不敢提问，而且每次发表意见的都是那几个人，真实希望每人都能说出个人意见，她认为沉默是不负责任的行为：“大家要多交流，就算反对声音也无所谓，透过讨论才能擦出火花，这样才建立互信关系，最终成为强队。”

冈田真实今年三十岁，在名古屋的一家医院里工作，她喜爱激烈、朴实无华的打法。她的每句话都具有说服力，用行动体现了“一切都是为了球队”的精神，她的个人目标是在世界杯十五人橄榄球赛事上赢得一场比赛。

那么，七人橄榄球呢？二〇一六年奥运会呢？她只一笑置之。

“如果身体仍能坚持，我会考虑。”

“可是……”她接着说：“首要能击败中国队，能够与中国队匹敌才能夺取亚洲冠军，不然的话根本无法拿到奥运会入场资格。”

作者最后问道：“您的座右铭是什么？”

“我的座右铭是竭尽所能！”她沉默了一会，眨眨眼睛说。

奥运会

这是个欢欣的体坛盛事。

对橄榄球界是一个好大的鼓舞。

奥委会在二〇〇九年十月公布，七人橄榄球将于二〇一六年的巴西里约热内卢奥运会上正式登场，成为奥运竞赛项目之一。

彩香从餐厅下班回家时接到这天大的喜讯。

“好极了！”攥起右手拳头，乐观性格的彩香淘气地笑。

“从小开始，我就相信我会成为日本代表，甚至成为奥运选手；所以当时得知这个消息的感觉是：果然愿望成真。”彩香改变想法：“既然眼前有了终极目标，我便订立中、短期训练目标，操练策略也应改变。”

二〇〇八年十月，在世界杯七人橄榄球赛亚洲外围赛时，彩香在选手介绍册子上写道，“将来的目标——成为奥运选手。”

“我鞭策自己说‘来吧，我会加油。’目标一定实现，不容有失。”彩香笑盈盈地说。

正值当时又公布十五人橄榄球赛的最大盛事，二〇一九年橄榄球世界杯的举办权由日本获得。感觉好像是暑假、圣诞节和新年三个节日一起到来的三喜临门好消息般，亦像同时收到零用钱、圣诞礼物和红包一样，乐不可支。橄榄球开始受到广众注目，女子橄榄球也受欢迎起来，所以，要更加努力，增强自己的实力。

“包括我自己，大家要加油。在没有赞助商、没有教练、没有先进的训练设施和好的练习场地时，只好用拼命练习来弥补所有不利的环境因素。”彩香兴奋莫名地为自己打气。

顺带一提，七人橄榄球是什么？

七人橄榄球历史源远流长，十五人橄榄球起源于一八二三年，而七人橄榄球则在六十年后的一八八三年，在苏格兰博德斯地区诞生。梅尔罗斯球会的叫尼德黑格的肉店主人与朋友为了解决该球会的财政困境而构思了这种七人比赛的方式来增加收入。

参加比赛的球队越多，购票入场观众自然也越多，然后又减少球员至七人并缩短比赛时间，令球赛节奏更明快，首次的七人橄榄球赛有六支球队参与，当时门票也瞬间卖光。

一九三〇年，日本首次举办七人橄榄球赛。一九五九年横滨的外国人球会 YC&AC 开始主办 YC&AC 七人橄榄球赛。一九七六年，那时世界上最大规模的七人橄榄球赛在香港举行，日本派出早稻田大学和明治大学联组参加，当年的著名选手松尾雄治也有上场。

七人橄榄球赛并非十五人橄榄球的迷你版，与篮球打法近似，持球者跑动，快要被对手抓住的时候可以停下来传球，可以脚下带球，也可以踢出去，怎么传球都可以，打法很灵活自由。

“十五人橄榄球赛和七人橄榄球赛是完全不一样的运动项目，当然二者也有共通点，例如都重视向空位突围进攻。可是七人橄榄球赛在速度变化、与对方的距离和利用闪避时机等技术方面比十五人橄榄球赛更重要，不能光靠向前冲击，要配合判断能力、利用空位等等，所以十五人橄榄球和七人橄榄球两者需要不同的节奏和战术。”彩香说。

二〇〇九年十一月，英国主办的女子世界杯亚洲外围赛中，这届是打十五人橄榄球赛，彩香担任日本代表十号球员角色，即接锋。

日本队以三十五比十一击败新加坡队，可惜决赛时以五比四十三不敌劲旅哈萨克斯坦队，在体能和力量都悬殊的情况下，这场比赛被压迫得溃不成军。

日本队失去了在英国举行的世界杯入场券，哈萨克斯坦队夺取了亚洲区代表的资格，赛后彩香感到沮丧和失望。

彩香在比赛时弄伤了腰部，由于她腰部纤瘦，肌肉不够，在疲倦和寒冷下特别容易感到疼痛，加上比赛时被猛烈撞击，导致腰部扭伤。

扭伤后不久的十二月，香港主办东亚运动会，这是一项大型综合运动会，七人橄榄球是竞赛项目之一。这是七人橄榄球正式纳入奥运会项目之后，首次有七人橄榄球赛举行的大型运动会，正因如此，亚洲各国都争相提升装备增强自己的球队，所以每支国家队的水平都不断地提高，彩香盼望着出场比赛，但出发前患上了感冒并且发高烧，医生下令不可上场。

结果，彩香真的没有上场，日本女子队亦败于进步神速的中国队。

分组赛赛果：

第一场日本〇 — 二十四中国

第二场日本五十—〇关岛

第三场日本七—五香港

决赛淘汰赛：

半决赛日本十九—五关岛

决赛日本十二—三十四中国

结果日本女子队获得亚军，但收获是看到高中生井上爱美突出的表现。

“各选手都打得精彩漂亮，拿了银牌，我也松了一口气。”黑岩纯总教练总结说。

这次亚洲赛事使日本队了解到各国竞赛水平的提升，特别中国女子队特别强劲。

中国的橄榄球历史很短，但选手的体能和速度迅速达到了国际水平。中国橄榄球协会崔志强副主席表示，强化球队始于二〇〇五年，在中国农业大学等三所大学成立橄榄球会，招揽人才。

新生入读大学时，同时要检查体格和测试运动能力，从中挑选合适打橄榄球的选手。

崔副主席解释：“大部分现任选手身高一百七十五公分以上，一百米跑十二秒多，有的选手跳远可跳到六米以上，也有的以前是田径或篮球的优秀选手。”

中国正式强化后的表现勇猛，挑选少数精锐选手进行增润操练，比推广普及更奏效。目前精英选手只有约四十人，大家属于同一所大学球队，每周五天一起锻炼。

彩香反复看东亚运动会比赛的录像，她形容中国队“好似机器人球队作赛。”

“她们的体能好厉害，但当受到较大的施压时，球员也会有失误。”对手越强，彩香的斗争心燃烧得越厉害。

中国队、哈萨克斯坦队……，除非可压倒这两队，否则日本队没有机会在奥运会出场亮相。

“以日本人特有的敏捷性，能够利用整个球场大幅度展开进攻，一定会夺取奥运会入场券，当然也离不开球员的奋斗和坚持。”彩香说。

这并非童话故事。

为了实现梦想，必须面对排山倒海的锻炼。

初次担任队长的领悟

彩香把头发剪短了。

二〇一〇年三月，香港女子七人橄榄球赛即将举行。

日本代表以二十三岁以下（U23）选手来编制十人队伍。十名选手当中有五名是十八岁，有些更是初次到海外比赛的年轻球员。

这是向奥运会出发的首站，以此阵容出战的目的是给新球员累积更多的比赛经验。彩香此次被选为队长，她为此而把长发剪短，为什么剪短头发来激励自己呢？

“队伍的方向性也好，自己的表现也好，远远未达到我定的目标水平，令人很焦虑，所以我想借此重新整顿，洗刷心灵迎战。”彩香解释。

七人橄榄球赛开幕前的会议上，每个选手把个人的比赛目标写在 B4 纸上，身为队长的彩香的目标是“控制比赛节奏”。“我想请大家放心，我会带领战友控制这场比赛的节奏，所以大家要听我指示，大家要明白我的意思。”

终于，香港女子七人橄榄球赛正式开始了，彩香在球场上因过度紧张令身体动作有点僵硬。首仗对香港队，对方有一位跑速快的选手，日本队未能及时阻截她的进攻，终以五比十二落败。这场比赛，日本队的防守出现混乱，归根究底因年轻球员比较多，经验不足，未能熟练地作出协调，在香港队入球时有些球员更显得手足无措。

接着对战泰国队，日本队也以七比二十四大败，一对一的防守均没做好拦截。日本队唯一夺取的达阵得分是由彩香的好友真理惠做出的，从起点开始传球到翼卫，一口气连续传球之后终于得分。那一连串的进攻中的关键是田中彩子的完美传球。“连续传球时没有出错，那就是日本队的秘技‘CC 战法’。”

CC 包含着 City（城市）和 Country（农村）。

“我们的理想进攻法是把球从狭窄拥挤的地方（城市）传到广阔无人烟的地方（农村）。在那广阔的地方我们布置了真理惠，让她有机会持球并快速跑到达阵线而得分！成功得分时，我非常开心。”

日本队在七人橄榄球赛中只能参与每分组赛榜末球队角逐的银碗奖（相当于第九到十二位），但仍努力打败巴布亚新几内亚（十四比〇）和新加坡（三十五比七）而夺得银碗奖。

日本队以两胜两败结束这届比赛，日本队优胜的地方是其独有的灵敏性。

“我觉得日本人擅长利用灵活的技巧，在短距离的攻防战，日本人处理得最好。我从小开始打带式橄榄球，最擅长短距离的传球等技术和小动作。”彩香说。

作者问：“这次你们有什么收获？”

“这次比赛增加了每个人的国际赛宝贵经验，初次上场的年轻选手迎战海外球队也毫不怯场。如果不是有参赛的年龄限制，便会组合出更强的队伍出赛，届时大部分年轻队员便不可能被挑选出来。经过这次大赛积累的经验，对她们以后的橄榄球道路绝对是注了支强心针。”彩香总结经验。

彩香明白队伍仍有需要改善的地方，首先当然是体能上的不足。中国队和泰国队每个球员都懂得走位、支援，并且找到空隙来进攻，而快跑选手跑到空位后很清楚自己下一步的战法方向，可是日本球员还没达到这个水平，尚欠整体协作能力，而个人基本体能也不达标。

“日本队除了体能之外，还有速度要留意。我自己也是，当前目标就是提高体能和耐力。”彩香说。

为了达到这个目标，只有练习、练习、再练习。

“要大幅加强练习密度，要达到不容有错的效果，我是从前辈选手们身上学到这样的严格态度。虽然平时大家轻轻松松地开玩笑，一旦开始练习，每个队员就要知道她的角色和责任，出错时，光说对不起是绝不能接受的。”

强化球队的最佳方法当然是制定严格的训练计划，在未熟练整体协作的时候，只好加强个人的体能来提升整体球队的水平。

彩香有无比高昂的斗志，身为队长，会利用手机短信与队友们沟通和交换讯息。从香港回国时，彩香向所有队友发出短讯，内容带着激励的语气：“我们的技术尚未达到世界水平，所以我们至少要专注地、全心全意地去投入，各位为了胜利而努力加油吧！这是决心！是做日本代表的决心！”

彩香问：“你有没有做日本代表的决心？有没有出战奥运会的理想？如果有，自己便要发愤图强，开始鞭策自己进行更严格的训练吧！”

朱里的童话故事

奥运之梦，这也许是所有运动员的终极梦想。

二〇一〇年春天，自奥委会宣布了七人橄榄球将成为奥运项目之后，东京举行了女子橄榄球测试，招揽有潜质的新球员，吸引了大批现任运动员来应试，全是对自己体能很有信心但从未接触橄榄球的人。

足球、篮球、田径、网球、软式垒球等各运动选手穿着蓝色、红色、橙色号码背心进行五十米跑、握力、踢球、传球、冲击（Contact）等体能测试。

因为大家有共同的理想，测试在和谐、轻松的气氛中进行。曾在空手道青少年比赛夺得世界冠军的美少女，曾属于韩国职业手球联盟的女健将，及少数运动员通过测试合格。

表现最突出的应试者，是前任排球界顶尖选手藤崎朱里。朱里的名字是“Akari”，日语发音与“光明”相同，跟她名字一样，拥有开朗、乐观的性格，她一笑一动就使周围的气氛马上缓和起来。

一九八四年出生于长崎县佐世保市，小学一年级开始学剑道，五年级打排球，在排球场上甚活跃。东海大学毕业之后，入职日立佐和（现日立）为职业选手。球队属于日本职业排球联盟（通称 V

联盟）属下的“挑战联盟”。朱里在排球队能担任几个不同岗位，是个全能选手。二〇〇九年，曾任队长带领球队夺取冠军，她更获得了 MVP（最具价值选手）及扣击奖，出战奥运会是她的目标，可是一直无缘入选日本国家队。

刚好那时候，她接到女子橄榄球将成为奥运会项目的消息，于是她退出排球，来挑战六月份举行的女子橄榄球测试。

“球的形状变了，可是我的梦想没有变，一直憧憬参加奥运会。奥运会是最大型的体坛盛事，我想为国家出战，站在高挂着日本国旗的领奖台上。”朱里哈哈地笑。

作者简单地问：“为什么选择橄榄球呢？”

朱里答：“东海大学时代，我的排球教练同时兼任橄榄球部教练。教练说我的身体肌肉比较适合打橄榄球，他鼓励我‘你要去打橄榄球’。”

一百六十八公分，六十八公斤。身材虽小，但肌肉发达，有弹力，体格健壮，最重要是她有很强烈的进取心，朋友们也经常劝谕她说“你的身材不适合打排球。”

“我一直寻找更合适自己又可以发挥体能的运动，橄榄球成为奥运会项目后，她们一定需要我这类运动员，我可以充分发挥力量，绝不畏惧猛烈冲撞。”朱里是在观看橄榄球比赛时，喜欢上它的紧张激烈而感兴趣的。

可是，父母却极力阻止，特别是在银行工作的父亲强烈反对说：“女生打橄榄球是极危险的，不如早点结婚算了吧。”

“我反驳父亲说：‘如果有理想对象，我早就结婚了。’哈哈！

我要做自己想做的事，我要做只有现在才能做的事情，是这个理由说服了父亲。”带着可爱的面容，率直的朱里眯着小眼睛笑着说。

就这样，一位少女的童话故事开始了。

由于体能上的优胜，她立即成为七人橄榄球日本代表的新宠儿。参加夏天在英国举行的比赛。

作者问：“橄榄球的魅力在哪里？”

朱里答道：“与对方一对一分胜负的感觉吧！我好喜欢与对方进行扑搂同时把对方摔倒时的那种刺激感。”

刚开始练习才几个月，对橄榄球认识还不够深，对很多比赛战术场面感到迷惑，单看规则手册也觉得复杂难解。

“我在各方面还处于摸索中，特别是拉克（Ruck）等很多人拥挤的场面，很难作出判断。虽则多次翻过规则手册也不易理解，只能边打边学，多实践多学习。”朱里努力地理解中。

朱里开始写橄榄球日记，记下战术和进攻的队形等，并把当天学到的内容写在日记里。天天学习，天天努力。

她的长处是空中争球，利用卓越的弹跳力跳高来紧抱着对方踢过来的球，或推拍着它。一旦持球，就立即向前进攻。

环境变了。

七月，朱里请辞日立公司，入职东京丸之内“购买战略研究所”的同时，加入刚成立的橄榄球队“Rugirl-7（女子七人橄榄球队）”，并担任队长。

这支球队背景很特别，是在几家公司的赞助下成立的日本第一个专门的女子七人橄榄球队，成立目的为出战奥运。球员全是女性，她们平日在赞助商公司工作，下班后继续来练习。

朱里解释：“我们有几个赞助商公司，球员们可采取弹性上班时间来腾出空档练习。反之，其他受欢迎的运动项目，每天都要定时操练，排球也是其中之一。直至现在，大部分的女子橄榄球队，一周只能练习两天左右，而且常有球员因工作关系而缺席，这样的情况下根本无法跟世界级的强队相比，所以我们要改变女子橄榄球的练习环境因素。”

朱里有决心，夺取亚洲第一继而进军奥运会。向世界挑战，她的眼光中带着一份坚定的信念。

朱里被选为日本代表而出战十一月举行的亚洲运动会，刚开始打橄榄球半年，已成为日本代表，真是一大荣耀。

朱里肩负着国家的使命，来到中国广州。

“空中争球是我最擅长的，大家也认同这一点。击败中国队，我们应该可以成为亚洲第一。日本排球队赢不了中国，所以希望橄榄球不会输给中国。”

为期待而兴奋，憧憬着自己在秋天的天空下竭力跳跃而紧抱橄榄球的画面。

她的童话故事刚进入序幕。

“我是挑战者，排球也好，橄榄球也好，全是挑战。是啊！我是永远的挑战者！”

跳吧！朱里！

跳到奥运的天边。

藤崎朱里

齐心协力向亚洲运动会出发

阳光变得和煦灿烂。

二〇一〇年十月下旬，茨城县龙崎市，天色带着浓浓的秋意。

流通经济大学橄榄球场旁边的树叶开始转红。“这边~！”“传球！”鸟鸣声夹杂着女子橄榄球选手们的呼喊声一起传过来。

那是准备亚运会的七人橄榄球日本代表的集训，队长彩香的呼喊声特别卖力。

“喉咙好痛。”彩香说着用右手捏自己的脖子。

“首先，专心做自己该做的事情，做好自己的球员本分，然后为队友高声疾呼打气，我有责任牵引队友。好久没有这样喊叫，好痛，喉咙真的好痛。”彩香接着说。

集训的第一天，大家在晚上的会议上达成共识，我们的目标就是亚洲第一。既然目标一致了，希望大家尽显身手，表示出决心。可惜大家在球场上仍未竭尽所能，感觉蛮松懈的。

红白战时（分成两队进行比赛叫做红白战），正式的日本代表队轻易地让对方达阵而得分落后。彩香鼓励队友说“要做亚洲第一吗？在比赛场上发挥你们的实力吧！”“这样继续下去是赢不了的。”

“橄榄球，特别是在七人橄榄球中，球员互信程度与比赛输赢有不可分割的关系。那天的比赛简直是一团糟，有一个队员扑搂失败，其他队友未能及时提供支援，反应缓慢。其他球员又未拼搏去入球，只是马虎了事地进行比赛，把我气死了，真是羞愧，痛心极了。”

彩香担任日本队长已半年，起初是不大乐意出任，但慢慢地喜欢和接受了这项任务。从中了解了自己的作用和组织作战的关系。以前彩香认为担任队长是个重担，可是如今却成为她的推动力。

“我经常留意队友的反应，觉得蛮有趣。有的因失误而垂头丧气，也有立即改变心态，重新鼓励自己。有的受到赞赏时，就马上心花怒放起来。有时需要鼓励，有时却要严厉。我不经意地喜欢上以这样的模式来建构、修筑球队的团体凝聚力。”

有一次彩香中断练习，让大家集合，要求刚才练习时呼喊不够大声的球员出来，即时下令她们高声唱一首歌曲。

“喊叫声是很重要的，轻声是没有用的，所以我要求她们张大口提高声调，高声喊，大声唱歌。毕竟橄榄球是团队运动，发出强而有力的指示才能传达讯息。”彩香训示她们。

彩香个人需要改善之处是攻破对方之后的判断能力，也许她缺乏信心跑到终线入球，攻破对方之后，总是寻找周围支援的队友来传球。

“这是我的缺点，攻破对方防守后就脑海一片空白，心里只想‘哎呀！怎么办？该怎么办？’假装传球而冲破防守。我不可再依赖队友帮忙，要靠自己勇往直前而达阵得分。”

“我承认自己太懦弱，但为了打败中国队，会努力鞭策自己，做好控制赛事能力。”彩香自问，是否真的想做亚洲第一？

虽然曾任日本代表跟外国球队比赛过好几场，但现在的角色不同，是站在最顶端带领球队的位置。若以前的话，只须听从前辈的吩咐，其他就不用管了。

就像是兼松由香。

就像是安杰拉·尔婷。

就像是首藤妙。

就像是辻本司。

就像是冈田真实。

就像是……。

我们要秉承这些前辈们的坚毅信念，身上穿着樱花徽章的日本代表球衣，它包含了好多前辈们的汗水、泪水和斗志。

日本代表队出赛前互相鼓励，目标是：亚洲第一。

因此，作为队长，彩香要肩负带领球员的重任，这也是队长的传统任务。

“吸取了前辈们循循善诱的教导我才能成长，日本队亦一直努力挑战而进步。一步一步爬上楼梯，我相信日本队就是这样爬上来的。”彩香感慨地说。

十一月的广州亚洲运动会是奥运的前哨战。

“我们必须在这次亚洲运动会胜出，先决条件是要打败哈萨克斯坦队，再赢中国队。我们誓要成为亚洲第一，一定要实现这个目标，努力必胜。”彩香意志坚定地说。

集训的最后一次练习结束。

日本代表选手围成圆圈，彩香的热情呼喊声似乎已将微寒的深秋冷风吹散。

“三，二，一！”

大家准备举起右手，轻轻跳跃，各人齐齐把食指叠高，呼喊声也随即重叠起来。

第五章 向新时代开球！

广州亚运会

这里是中国广州。

秋天的晴空下，亚洲规模最大的体育竞赛亚洲运动会开始了。“激情盛会，和谐亚洲”为今次亚运会的口号。

这是日本历年来派出最多运动员的一次，代表团共有一千多名来自各项运动的选手。由彩香作队长率领这支日本女子橄榄球队共十二人，平均年龄二十一岁，其中两位还是高中生，首次在亚运会亮相。这次编制正是准备进军二〇一六年巴西里约热内卢奥运会而制订的。

对彩香她们来说，这次亚运会是今年最大规模的橄榄球赛事。争取“亚洲第一”是她们的目标，二十一岁的彩香心情兴奋雀跃，儿时好朋友都回归练习，二十一岁的山口真理惠和二十二岁的加藤庆子分别从澳大利亚和英国回来汇合。

据真理惠说，她们已好久没有一起打橄榄球，所以特别开心，她依然保持着可爱的笑脸。

“很怀念昔日！与久别重逢的朋友们见面闲聊，我喜欢那缅怀过去的感觉。我们的话题都是围绕橄榄球、恋爱等等。作为球员，大家都进步和成熟了。看到彩香带领球队我也感到自豪。有队友跟我说：‘真理惠的变向侧跑进步了。’，听后感到有点飘飘然。”真理惠自豪地说。

“如日本代表队赢取奖牌回国，全国定必振奋激昂，所以我会不顾一切，尽力而为。”右手拿着黑色头盔（Head Cap），手指则拨起前额头发的真理惠补充说。

庆子在英国伦敦留学，她的扑搂方式比以前做得更加精彩。三个女孩今次聚头，把“年轻的日本队”的水平推到另一高峰。

作者顺道补充一下，球队在这次比赛定下的目标是“进化”。

她们长袖外套上印有日本国旗，球衣左边则印上樱花徽章，显得很威风。

二〇一〇年十一月二十一日，星期日。七人橄榄球赛在广州大学城中心体育场揭开序幕。橄榄球在中国未太盛行，却可以动员约四万学生和市民来参观，差不多坐满了整个球场观众席。

现场气氛浓厚，彩香欣喜万分：“非常兴奋，我想在此展示日本队的强劲威力。观众看到强队的激烈精彩战法，应该会好投入和欢声雷动。”

场内播放着强劲节奏的音乐，但并不是因为比赛激烈的关系，观众随即玩起人浪，人浪环绕整个球场观众席，欢乐气氛推至最高潮。阳光猛烈的十一月，白天气温升至二十五度，感觉晚夏的热浪仍存在着。

年轻的日本队在分组赛迎战新加坡，实力方面理应日本优胜，但竟然要负隅顽抗。这是因为日本队要保留几个主力选手，派出一批年轻选手上场，怎知她们太紧张，抓不住比赛的节奏。

右脚受伤的彩香在下半场才派上场，她一出来，后锋的进攻线明显加强了，向右向左传球，上演连续达阵得分。真理惠下半场也接着出场，亦成功取得达阵得分。

结果，以十九比十二险胜。赛后，队长彩香一进入更衣室即向球员大发雷霆骂起来：“竟然打出这差的赛果，你们不如返回日本吧！”

球员经验不足又缺乏自信，在关键时刻表现得进退失据，彩香心情好焦躁。争球时欠斗争心，扑搂不够勇猛，控球时也掉以轻心，最后还有支援速度跟不上队友。

第二天的比赛，年轻球员们经彩香骂过后奋发图强。与印度队的初赛，带着黑色头盔的真理惠以高速奔跑九十米获得一次达阵。庆子也拼搏去打，最后日本队夺取六个达阵，以三十六比〇大胜，一洗颓风。

分组赛的重头戏是硬战劲旅哈萨克斯坦队，大家实力旗鼓相当，势必是一场恶战。比赛前，彩香激励队友：“请各位谨记日本代表的责任。”年轻球员们听了这句激动人心的话，马上斗志高昂。

彩香把受伤的右腿上包扎胶布后立即披甲上阵，一开赛就抢攻，为球队制造不少进攻机会，利用迅速移动突破哈萨克斯坦队防线，最后彩香在 H 栏下取得达阵，追加射门也成功得分。

比赛初期的形势日本占优，向左右两边拉开战线并转变进攻方向，可是逐渐被哈萨克斯坦的体能和力量压倒，哈萨克斯坦正锋身材健硕，把庆子的扑搂冲散，日本队失去一个达阵得分。

庆子一百六十二公分，五十七公斤；对方正锋一百七十八公分，八十二公斤。

“哈萨克斯坦球员迈步大力地向前冲过来，我们却没法阻挡。

我在英国虽习惯向身材高大的球员进行扑搂……。但今次却没奏效，我太失望了。”庆子酸溜溜地说。

上半场以七比七平局结束，形势乐观。

“我们坚持吧！虽然不容易，但获胜会带来甜美的满足啊！我们一定要去扑搂、扑搂、都是扑搂。有机会就马上捡球及支援，大家一起加油吧！”中场休息时，彩香高声地鼓励后辈。

下半场，庆子又被哈萨克斯坦队高大健硕的正锋撞破扑搂，更失去了两个达阵得分。进攻时又不慎前掉而失去进攻机会，余下赛事虽然积极抢攻，但在频频失误下，仍然无法再入一球。

最终以七比二十一落败。

第一次循环赛以两胜一负、第二名成绩进入淘汰赛。彩香眉头一皱，脸上露出既满足又气馁的表情。

“关键是必须保持严密的防守，积极扑搂。我开赛前有把握阻止对方进攻，可是被哈萨克斯坦的每个勇猛球员逐一压倒……。主要的败因是我们在单对单的扑搂中未能阻截对方。”彩香脸上露出不悦的神色。

“跟第一场相比，经过第二、第三场的比赛，我们的实力逐渐提高，被哈萨克斯坦队击败是我们大赛经验仍不足，我想再一次挑战她们。已经没有时间气馁，而年轻球员们还在揣摩中，我认为她们还有好大的进步的空间。”

彩香的斗心仍未熄灭，心里盘算着，只要在淘汰赛胜出，就可以再次与哈萨克斯坦队碰头。在此之前，要先击退泰国队及主场作战的中国队。

“梦！”

向着亚洲第一的目标冲吧！队长的梦想越来越高。夕阳落下，广州凉飕飕的风吹拂到彩香的脸颊上。

奖牌之梦幻灭

广州之激烈比赛继续。

亚运会七人橄榄球赛来到最后一天。十一月二十三日，星期二。

四分之一赛由年轻日本队与香港队对决，上午九点半开赛。

早上天色晴朗，空气清新。比赛开始之前，彩香仰望着天空，把心中压力徐徐呼出。

彩香把急躁的情绪收起来，看到庆子的脸上带着坚毅斗志的信心，而仍是高中生的铃木实沙纪（千叶市立船桥高中）和十九岁的冨田真纪子则面露紧张的神色。

对于关键性的一战，日本队的黑岩纯教练特意挑选年轻球员上阵迎战。刻意收起球队灵魂人物、三十岁的冈田真实做后备，派出刚从排球转投过来的二十五岁的藤崎朱里先上场，脚程飞快的真理惠也作为后备队员。由于她前一天比赛弄伤了右膝盖，为了应付下一场的半决赛，教练特意给真理惠争取多一些休息机会，不可冒任何风险。

可是这次阵容安排未能击败香港队。日本队在开始时进攻还算畅顺，彩香在开赛刚过两分钟，向右边组成进攻线，冲破香港队的防守线，支援的冨田在中央取得突破并达阵得分。彩香再成功追加射门，这时比数是七比〇。

可是，日本队接着的扑搂乱了阵脚，日本队虽然警惕着香港队一位健硕翼卫球员（潘柏茵 Aggie），但仍被她压迫得防守线瓦解了，她更跑了五十米而达阵及射门得分。年轻日本球员开始仓皇失措，在地上争持球做出连续犯规。

彩香接到裁判的警告，由于不谙英语，只知裁判像是说“扑搂后要立即放手、起身。”

犯规之后，又不小心犯了香港队开罚球时没有退后十米的错误。多次失误后，队员的节奏感开始被打乱同时也显得疲惫不堪。

“重复犯规时，我有一股不祥的预兆，就是裁判开始针对我们。”彩香回想道。

上半场快要结束，日本队的防守线再次出现缺口，被香港队翼卫潘柏茵乘虚而入，潘柏茵得球后并跑到达阵线里，将比分拉开至七比十四。

“我们欠缺冷静，当比赛节奏乱了就马上急躁起来，并失去了镇定、机智……。大家应充满斗志地去拦截和扑搂香港队，一对一时要竭力阻止，可惜并没有付诸行动。落后的主要问题在于我方防守松懈。”彩香分析道。

中场休息时，彩香没有半点会输的预感，也没有半点焦急。

“我有把握，下半场一定会达阵得分。”彩香鼓励队员。

香港是中国的一部分，所以整个观众席都是支持香港队的中国观众。到处发出“加油香港！”的支持声。

下半场，日本队作出调配，把藤崎调出，由经验丰富的冈田接替。

下半场开赛后两分钟，由田中彩子接替真理惠。之后策动一系列快速而强劲的传球，向左边发动进攻，制造不少机会，最后庆子成功达阵。这是全靠大家的胆略和坚毅取得的得分。

真倒霉，彩香在踢开球出了岔子。在与香港队斗牛时更被压倒并进行反击，日本队负隅顽抗，坚守防线。直至下半场四分钟时，终又被香港队翼卫潘柏茵找到空隙，在 H 栏下达阵成功，比数又再被拉开至十四比十九，令赛事变得紧张。

日本队试图扭转比赛形势，要求换人，调入高中生三树加奈（宫崎高锅农业高中）。时间一分一秒地过去，离完场已没多少时间，球员开始心急如焚，球员前掉（Knock-on）、传球失准，组织力亦欠缺，失误频频。哨子声响起，比赛结束！日本队终以五分之差败于中国香港队，未能跻身四强。

大家沮丧泄气地躺在球场草地上，只有彩香站着，双手撑着腰抬头望着天边。朝阳灿烂，深呼吸之后，她将倒在地下的三树拉起身，又拍拍其他队友们的肩膀。

赛后，彩香在走廊的采访区接受记者访问，被问及日本队止步四强与奖牌无缘的心情时，感到无言以对。

额上流着汗水，眼光严厉，脖子上仍黏住几根枯草的她说，“重要的时刻出现松懈，未能阻止中国香港队翼卫的猛烈进攻。我们期望与中国队对战，可惜一切都幻灭了……。”

如果这场比赛赢出，下一场半决赛就会迎战中国队。遗憾的是没有安排主力球员参与这场重要赛事。

黑岩教练也显得茫然若失，焦虑不安。

“嗯～，太遗憾了。她们毕竟还年轻，经验少而失去控制比赛节奏能力，到最后还没有机会改善。”

“是我编排战术不当，因为有些选手受伤，又要考虑下一场比赛的人手安排，所以没有派出精锐选手。”作者提问败因时，教练思索中张开眼睛坦率地说。

他是一个勇于认错的人，好像要收拾心情重整自己，做出勉强的笑容说：“比赛仍未结束。”

事实上，日本队虽然痛失夺奖的机会，但比赛仍要继续，她们还要角逐第五至第八名的排名赛。

Photo : Takumi Photography

中国香港队有飞毛腿之称的潘柏茵 Aggie，曾在多场比赛中与日本队碰头。

左起：阳子、Aggie、彩香于 2002 年已互相认识，2008 年的香港国际七人橄榄球赛更相约一起观赛。

忍着泪赚取经验的第五名

在大型比赛战败之后，保持原有动力很难。广州亚洲运动会七人橄榄球赛中，日本队将会竞逐余下的第五至八名排名赛，队长彩香跟年轻队友们训示："我们要让亚洲看到'日本队做得到'。比赛中，我们要汲取宝贵的大赛经验和自信！"

在排名赛中，年轻的日本队先以四十六比〇大胜印度队，最后一场，与新加坡队再次碰头。比赛前，大家围成一圈，黑岩纯教练鼓励球员说："这场比赛是我们在亚运会的集大成赛事，要把在亚运会所得的经验全部发挥出来。"

"这才是开始。"彩香接着补充说。

最先出场的球员是右大腿包扎胶布的彩香，紧随其后有右膝盖包扎胶布的真理惠，庆子、冈田真实、井上爱美、冨田真纪子和高中生三树加奈共七人陆续昂首阔步地跑进场。

她们是目前日本队最佳的阵容，大家一起抱球前进、传球和接球，还要去支援队友。作防守时，大家都积极投入去扑搂倒地。

赛事紧凑刺激，过程充满默契、拼劲。大家奋力去做每次扑搂，每次的支援，也大声去传达指令，传球后继续出色闪避进攻。上半场，真理惠取得了三次达阵得分。下半场，井上爱美和中途接替的田中彩子也成功达阵得分。最终共夺取五个达阵得分，以三十一比〇大比数战胜新加坡队结束在广州的最后一场比赛。

结果，日本得了第五名，中国观众送上阵阵的掌声，彩香她们跑到后看台挥着右手致谢，又在主看台前向观众再次鞠躬道谢。

赛后高中生三树满脸通红。身高一百七十二公分，体重七十公斤的三树，这位十八岁的小姑娘，从广州之旅获取了很多大赛经验。

“我清楚知道自己的扑搂技术和精神上仍未达到最高水平，关键时刻好几次扑搂失误，我要加把劲，如果要参加巴西奥运会，只有拼尽全力去做。”

庆子流了几次鼻血，还是拼命上场去打。颈上敷着冰袋，白毛巾压着鼻子的她仍坚持说出需改善之地方：“我渴望夺金，可惜，我太依赖队友的支援，所以容易受到球队的整体气氛影响。我要加强个人自信心，不受外围影响。我们亦必须彻底仔细分析未能夺取奖牌的原因，面对现实，不能再逃避。不仅对赛果，我们还要好好检讨赛事战术运用及阵式内容。”

“球队的表现不稳定，我们之前设定的目标是拿奖牌……。我想最失望的应是球员。”黑岩教练总结分析。

确实，她们在这次比赛中学到了不少大赛的宝贵经验。透过参与国际赛事，更能认识到自己的弱点，如个人的体能、传球技巧、扑搂的力量都需要改善。同时日本代表也察觉到队伍的防守能力与强队水平仍有差距。

虽然未能夺取奖牌，但是这次参赛也有很多收获。问黑岩教练球员们有进步吗？他微微点头：“她们能够客观地观察自己，而且看法正面。比如，她们会找出哪里有小小的空位突破，如何与队友沟通，如何改善团队气氛等等……这些都是进步的地方。”

说起彩香，她强忍住眼泪。伤心、遗憾。

对于第五位的赛果当然是不满意，可是最遗憾的是日本队把击败中国队和泰国队作为此行参赛的目标努力，却始终未能与她们对战，无法提高自己的经验值。

事实上，彩香是背负着“传统”而来到广州参赛的。自七人橄榄球公布成为奥运会的正式项目之后，这是亚运会首次举行七人橄榄球赛，彩香是带着日本女子橄榄球的历史和期望来争夺奖牌。

“我对不起日本队的前辈们。我们太软弱，还是娇生惯养的孩子。”她自嘲地说。

“我们还不够进取，以前的我看到挺身奋斗的前辈们的时候，内心却觉得我自己才是最厉害的。现在，新一代球员也要有这样的自信才对。”

此外，这次比赛暴露出日本女子橄榄球界新老球员青黄不接的局面。教练、队医、职员的支援体制也欠完整，包括练习环境问题，日本女子橄榄球需要重新制定重整方案。

亚运会闭幕当日，女子决赛在补时阶段（Injury Time），中国队在哈萨克斯坦队的达阵区域里（Ingoal Area）前掉，结果与金牌无缘，冠军由哈萨克斯坦队夺得。男子决赛中日本队大胜韩国队，达成亚运会卫冕二连霸的愿望。

颁奖典礼后拍摄的团体合照上，中央放着日本国旗，后排志得意满的日本男子队和失意的日本女子队，形成天堂与地狱的强烈对比。

冈田真实独自离群，用白毛巾掩着脸大哭起来，悔恨，不甘……思想杂乱交错。

当时彩香还是强忍泪水。问她为什么？彩香微笑道："因为，嚎哭的话，悔恨之意就会随着眼泪流走……。"

激烈而感动的一年已结束。

彩香做回一位平凡的大学生，在横滨一家咖啡厅内接受作者访问，她将柠檬片放进红茶里，茶色开始变淡，慢慢回想着这一年发生的事。

彩香再用汤匙加一块方糖入红茶中，手指轻轻地敲下桌子，感概地说："作为国家选手也好，作为一个平凡人也好，今年真有极大的转变。"

担任日本代表队长期间，当独处时思绪常常陷入低潮，责怪自己。黑暗中摸索前行，全赖"向世界飞翔"的梦想支撑着。

她喝一口红茶说："不久的将来，我们誓要建立一支能与世界一级球队匹敌的日本队。"

距离巴西里约热内卢奥运会还有六年。不，应说只剩下六年。

彩香心情矛盾不安时，总要听一首歌来激励自己。歌手是与彩香同一发音（Ayaka）绚香唱的《I believe》。

"相信自己，相信伙伴，相信梦想。为了日本的未来。

♪I believe myself♪

相信，就是一切的开始。"

为了橄榄球少女的光辉未来，彩香追着橄榄球，在疾风中努力驰骋。

2010 年广州亚运会期间，真理惠（左二）与庆子（右）跟香港女子橄榄球选手陈凯屏（左）和岑惠心（右二）合照。

元旦跑步

踏入二〇一一年。

元旦这天的晚上七点，彩香拨通邻居阳子的电话。

彩香问："新年好，要不要一起去运动？"

阳子满脸疑惑："什么？"

彩香："现在一起去跑步吗？元旦跑步到潮田神社做新年参拜吧！"

阳子："可是我在吃晚饭。"

彩香："好啊，等你一会。给你特别优惠，等你一小时，一小时啊！"

用学年来算，阳子比彩香低四年级，她是带式橄榄球的著名教练叔叔（铃木雅夫）的长女，与彩香情同姐妹。阳子正在日本代表队的青少年部打橄榄球。

阳子非常喜欢彩香，彩香要求一起去跑步，阳子只会笑着答应。刚好一小时，八点钟了，穿着灰色运动衣和头带黑色冷帽的彩香走来，精神抖擞地挥起深蓝色的手套。

她俩开始元旦夜一起跑步，彩香轻松地做数下深呼吸。两人从横滨鹤见区汐入的家门口开始跑，在鹤见川河堤边重复做冲跑，冬天的寒风似针一样扎进脸颊，带来一阵阵的刺痛。彩香加速的话，阳子也咬紧牙根追着跑。

漆黑的夜里，只看到黑暗的河面泛起灯光的折射。远处工厂区的红灯闪耀着。虽然是隆冬，但身体已开始发热，身躯和心情都热乎乎的。不知为何心情兴奋起来，发出互相鼓励的声音。

彩香："这是否就是青春？"

阳子："是啊！这就是青春！"

阳子过了二〇一一年六月的生日便十八岁了，就有资格成为日本代表。

阳子跑着喊着："好！今年我一定要做日本代表。"

是啊，是啊！日本代表的主力选手彩香带着认真的表情回答："我会要求阳子要打得十全十美。"

她们边跑边聊天，话题围绕理想、目标、日本代表、她们所属的横滨橄榄球会（YRA）和如何增强球队实力等等。

跑了十分钟就到了小小的潮田神社。因为已是夜深，参拜者已散去了。周围寂静无声，两个人调整呼吸，擦擦汗、脱掉手套，休息起来。

阳子用认真的语气问彩香，该怎样参拜？拍一次手还是两次？彩香简略地讲解一次，再先练习一下，两个人一起摇摇铃，拍两次手，低头鞠躬，然后祈愿。

做两三次练习后，正式参拜。将五日圆大力扔进香钱箱里，摇着铃，大力拍手。两人一起低头。

在老天爷面前，彩香祈愿："今年，让我提高自己的水平吧！"

自去年担任日本代表队长之后，凡事总是以队伍为先。为如何提高年轻球员水平、如何团结队伍而苦恼。去年的广州亚运会未能夺取奖牌始终是一大憾事。

毕竟，每个队员必须提高运动能量。一对一胜负的时候要凌驾对方，这才重要。

彩香的述怀：“只有增强个人的能量，球队才能健康地成长，所以今年要检讨自己，把我自己作为焦点，今年对自己定下的标语是‘对自己严格，对别人温和’。”

阳子听到这标语，就觉得这一定不是真的。

彩香一定同样地对我进行严格训练。相反地，彩香对我有蛮好的评价，所以对我要求也自然更高。

从小开始她们在汐入带式橄榄球会一起打球，十分了解对方，能够心有灵犀地传达信息。

好期望啊，彩香笑着想：“阳子一定会成为日本的主力球员。她会是与我一起战斗的好伙伴。我对她有绝对的信任，跟她非常合拍，一想起就觉得兴奋无比。”

彩香突然提议叫住在附近的好友大川步美出来跑步，于是阳子打电话给步美。

阳子：“彩香要你跟我们一起跑步。”

步美：“真的？”

阳子：“当然是啊，真的。”

步美：“知道了，你们到了附近就通知我吧！”

步美比彩香小两岁，不能不服从。

不久，彩香和阳子会合步美。步美也是从打带式橄榄球成为日本代表的。漆黑的深夜，三个将来带领日本队的女孩子在冬天的路上跑呀！跑呀！

跑到斜坡，彩香说好累，便挨着阳子肩背，嚷着要阳子背着她走，这也算是锻炼下半身肌肉，阳子踉跄地却坚持驱动双腿。

她们的笑声穿插在刺骨的寒风中，清爽的空气，闪耀的星星。满是草地和汗水的气味。

这也是青春的印记。元旦，彩香在心中重复一遍："对自己严格，对别人温和。哎呀！可是我对阳子可严格了。那么，对自己和阳子严格，对别人温和吧！这是今年的目标。"

她们每年元旦都会以跑步来庆祝。

青春的花园大会

“向青春达阵”！

这里是高中橄榄球的圣地——东大阪市花园橄榄球场，从近铁线东花园站徒步十多分钟即达。每年十二月底到翌年一月初的这段时间会举行全日本高中橄榄球大会，届时到处张贴比赛的宣传海报，热闹非常。

远处飘来辣酱油炒面和章鱼丸的香气。

应该是某间高中学校的啦啦队，那里传来东北地方的方言，橄榄球场门口贴上“青春斗牛”口号的告示板。

彩香有点开心，虽然全国高中大会只有男生出场，但她也曾经在这里打过几场比赛，闻到球场草地的味道，不期然兴奋起来。

今年是第九十届的纪念大会，彩香担任电视台的客串主持人，与前日本代表名选手元木由记雄（神户制钢）一起采访瞩目的选手。每个选手都是纯朴天真的青春少年。

花园橄榄球场除了主场之外，还有第二、第三球场。二〇一〇年十二月二十七日，全日本高中橄榄球大会开幕，有五十五间学校参加。彩香带着笔记簿，走遍三个球场观看各场比赛。

“天气寒冷，但我很享受。吃了一碗热腾腾的乌冬面条，我很喜欢看高中橄榄球。”

彩香面泛微笑，一回想起高中选手们打球的画面，就感动起来。

“他们都很拼命，纯粹……不顾一切去打。比赛时，就算实力有点距离，也要往前跑。当时他们的神情充满气魄，一点也没有掩盖热情；我很羡慕他们这么热衷橄榄球。”

电视屏幕上播放着“彩香挑选的比赛”节目。对于某一场比赛前后采访选手，彩香平时都是接受访问，现在却来个调换身份，所以感觉蛮有趣。

她访问过的球员有：高中候选日本代表、关西学院高中（兵库）闭锁前锋、球员德永祥尧，大阪桐荫高中（大阪）翼卫、球员中井刚毅等。采访球员德永是快要开始半决赛之前。对手是冠军大热门，东福冈高中（福冈）。

“我佩服他（德永），他说东福冈跟他们一样是高中生，只要严密攻防，展示自己的实力，就一定不会被对方吓倒而觉得相形见绌。我听到这番话就不期然兴奋起来。”彩香讲述从访问德永而得到的感想。

彩香再一次认识到橄榄球最讲究的是勇气、互信和团队精神。

“要是我们国内也有这般紧张刺激的比赛，我们实力会壮大得更快更强。友情、伙伴，是多么珍贵。我喜欢他们‘为了别人打球’的精神。”

茨城常总学院高中球队努力团结奋斗，只是为纪念一位已故的教练。他是曾被冠以“火焰的扑搂手”的石塚武生先生，他是前年担任该校教练的热血汉子，以前，彩香在带式橄榄球方面也曾受过石塚先生的指导。

大部分的三年级学生是接受石塚先生“一起去花园吧”的邀请

而入学就读。虽然理想实现了，可是石塚教练已经不在他们身边了。

“队长的传锋、球员加纳辽大拥有卓越的才华。他非常崇拜石塚先生，他说‘为了已故的教练一起奋勇战斗吧！我们在花园做出超越石塚先生的扑搂’。我感到，为了某些人而奋斗的球队好强。”

她这么认为，每个选手都是为了自己而打球，都想打得更进步、引人注目，有陶醉的优越感、想要成长。虽然如此，要是再加上“为了谁”的目标，战法会加上拼劲魄力，喜悦也增加一倍，提高成功感。

为了谁而打？被问的彩香沉思了一会。为了教练、为了家人……！想着想着，表情开始变得开朗。

“对我来说，小孩子很重要。无论在球会跟我一起练习的孩子，或者来观看比赛支持我的孩子。有时我到小学指导带式橄榄球的时候，有些小孩子跟我说‘彩香姐姐，加油’！这哄得我好开心。”

彩香想，她们的努力会使橄榄球逐步发展那就好理想。经过带式橄榄球、女子橄榄球，想增加玩橄榄球的孩子的人数。

“目前女子橄榄球之路还是一条狭窄小径，还没有建立一条互通的道路。我想把这条小路变成一条康庄大道。举办小规模而朴实的推广活动也重要，可是更重要的是国家队伍在世界舞台发光发热，效果才会更响更大。”

彩香耳戴着半透明的耳环，颈戴上珍珠项链。她摸着左耳的耳环，装出苦笑的脸孔说“其实有一件事一直埋在我心底的。”

去年十一月广州亚运会日本队与奖牌擦身而过，担任队长的彩香会感到非常内疚。回国后彩香发电邮给崇拜的前辈，前日本代表的兼松由香，内容是“我没有做好队长的责任。”而兼松的回复说：

“这次队伍没能得到好成绩,所以你才感到自己没做好队长的责任,是吗？可是我觉得，你要问自己，作为选手你是否管理好自己呢？是否要从日常生活方式开始评估？这样你可能会找到缺点及头绪去改善。”

“确实，我的生活并没有规律，包括礼貌和私人生活，我仍是个小孩子，早上赖床，不遵守时间……。哈哈哈！毕竟，凡事最重要的是品德，没有好的品德就不会胜出。所以我决定今年开始要严格地自律。”彩香对自己作出承诺。

橄榄球员要成长的话，先要做好个人成长。首先，平时生活中，先做好普普通通的事。感谢父母、珍惜朋友、诚恳待人、遵守礼法、过着简单快乐的生活。

“举例说，家里吃饭后，就立即收拾好碗筷，看电视之前要完成该做的事，虽是小事，要积极去完成。”

今年的标语是“对自己严格，对别人温和”。

春季，彩香将读关东学院大学四年级，毕业论文题目准备写关于沟通的内容：“还没有定下来，可是我想写关于队伍中不同年代之间的沟通问题等等。”

二月到秋田县指导带式橄榄球。叔叔长女阳子也一起帮忙教导。计划从四月开始与叔叔一起到横滨市内的小学指导带式橄榄球上门教学。

新的一年，想要挑战各种不同的事。在咖啡厅，彩香一边喝着奶茶，一边重复地按摩自己的右胳膊，因前一天她玩了攀岩壁的自由爬岩山活动，所以肌肉酸痛。

“自由爬岩山、游泳、瑜伽等，我想挑战一些橄榄球以外的活动，也想试一试心理锻炼。”彩香喝着奶茶说。

顺便说下，全国高中大会结果以东福冈和桐荫学院（神奈川）两校未能分出胜负而双双并列冠军而闭幕。刚好举行决赛的那天，彩香到神户参加日本女子代表队伍集训。

作者问：“你这次集训的个人目标是什么？”

当时二十一岁、还年轻的彩香笑着说：“我想专心地打橄榄球，心无旁骛、不顾一切而打好橄榄球，现在这么做就够了，应该是这样！”

女子橄榄球萌芽期

坚信总有一天女子橄榄球之花会在全国绽放。

会长出茁壮的根茎。

会萌发出娇嫩的枝芽，会长出芬芳的花蕾。

花朵盛放。

因此，散播带式橄榄球种子的叔叔说服自己继续推广带式橄榄球的活动。

二〇一一年一月某日。晴天。

叔叔到横滨市港南区下永谷小学进行带式橄榄球的上门教学。

这所小学设法提供给学生优质的大自然体验。学校虽然位于横滨住宅区，周围却有很多绿色树木，鲹鱼池和水稻田。为了提供自然教育环境，还建有校庭自然体验博物馆、微风散步道、青蛙乐园等设施。

这里勾起叔叔脑海中一件往事，他若有所思。是为什么呢？啊，想起来了，几年前他曾经来过这间小学，这次是第二次。

记忆逐渐浮现。当时三年级班有一位脚部伤残的女孩子，跑步时发出咔嚓咔嚓的金属声音，因为那是她右脚安装的肢架所发出的声音。那位女孩子问："教练，带式橄榄球是否谁都可以接球？"

叔叔："可以接球啊。大声说'传球'吧。"

女孩：“真的？不论足球，篮球也好，我从来没能接到球。”

叔叔：“不要等待队友传球给你，而是你要自己争取接球。向队友大声说‘传球’吧！”

听叔叔说完，女孩子天真地用常人走路的速度“跑”起来，并大声喊“传球！”她不只做支援，竟然还做出达阵得分了。第二课堂时她仍拼命跑，双手抱着球跌到达阵线得分了。

本来，带式橄榄球规定摔倒在地上就犯规，但那次破例给与达阵得分，因为她已倾尽全力。

“那时，那位戴着眼镜的胖女孩的表现真的令人感动，跑动时发出的咔嚓咔嚓声，最后跌到达阵线而夺取的得分。老师和我都感动得热泪盈眶。”叔叔不胜感慨地说。

叔叔将这件真人真事跟这次上课的学生分享，小学三年级的孩子们发出“哎呀～”“好厉害～”的赞叹声。

带式橄榄球比赛开始，关东学院大学橄榄球部的大哥哥也过来帮忙，叔叔先讲解规则，最后鼓励大家“大家尽力跑吧！”

“我说尽力的意思是指你们在运动会赛跑时听到‘预备，跑’的起跑速度。不要怕带条被抢，也不要怕被对方防守压迫，尽全力跑吧！”

孩子们在校园内一边呐喊一边到处跑。有些男孩子被抢带条后跑到好远。有学生呼喊“传球！传球！”橄榄球在场上到处飞，学生互相碰撞，场面十分有趣。

上门教学从早上十点二十分开始上两课堂，第二课堂是进行比赛。孩子们不畏惧寒冷天气。寒风中，脸颊通红的孩子在校园内四

2010 年全国大会决赛时彩香（右二）倾尽全力投入带式橄榄球的教导。右旁是叔叔。

处奔跑，平时不爱做运动的孩子也跟着一起追逐。

上课结束，叔叔从运动场到学校的门口时便吃了一惊。那里摆放了一个红色带式橄榄球在美丽的木台上，这正是几年前叔叔送给小学的。

那是叔叔指导的汐入白熊队夺取全国冠军的纪念品，椭圆球上有当时球员的签名，其中叔叔长女“铃木阳子”也有签名。

“那是令人感动的再会！”叔叔说。

“这几年来，学校一直小心保存着这只橄榄球。这间小学的孩子打带式橄榄球而成长，老师和学生都继续打带式橄榄球，我播种的种子开始发芽了。”叔叔激动地说。

叔叔从二〇〇二年正式开始带式橄榄球的上门教学，他利用消防工作的假期的大部分时间，自愿到横滨市内不同的学校推广、指导。

日本曾经有一位以“老虎面具叔叔”为名进行匿名捐献活动的人，叔叔所做的推广活动也跟做慈善活动一样，他自己一力承担一年约二十万日元的汽车燃油费及高速公路费。

“太太会投诉说‘太过分’……。我认为换来孩子们的笑脸是值得的。因为，孩子们一旦精神起来，平时不爱做运动的孩子也喜欢上带式橄榄球，继而也会喜爱上其他运动，这不是好事吗？”叔叔笑着说。

托叔叔的福，在横滨玩带式橄榄球的人数急剧增加，刚开始上门教学时，在横滨市内三百五十二间学校中附设有带式橄榄球的学校只有三或四间，到现在增加到二百五十间以上，增长差不多一百倍。

去年进行约两百次的上门教学。叔叔在横滨市南消防处中村町分处上班，所属第二班，上班时间是从早上八点半到翌日早上八点半，共二十四小时，一周上班三天。叔叔下班后总是直接去学校上门教学。

还有放学后的彩香和阳子、汐入白熊队的孩子们、关东学院大学橄榄球部的哥哥们来做帮手。大家都使劲地在各处散播带式橄榄球的种子。

“我希望大家认识到运动的乐趣。上门教学是到每间学校进行两堂课，共九十分钟。在这么短的时间内孩子们的面孔就有变化。不爱做运动的孩子也喜孜孜地笑着说‘教练，我做了三次助攻’‘我做了两次达阵得分’；还有‘带式橄榄球非常有趣’‘我想再打带式橄榄球’‘再一次打吧’，他们的目光都是炯炯有神的。”

一九五九年出生、五十一岁、极易被感动得哭起来的叔叔又再开始眼泛泪光。

“带式橄榄球是我毕生的事业。”

橄榄球父女之梦

一月某日傍晚。横滨 JR 鹤见站餐厅内。作者与叔叔和阳子一起，他们两个叫了白玉丸子红豆汤和昆布茶套餐。

这天，叔叔去了上门教学的学校及横滨交流学校两处指导带式橄榄球。身穿深蓝色和红色的风衣，用皮肤皱裂的手捧着茶杯喝了一口，讲述新年的目标："刚开始上门教学时目标就是在每间学校的体育用具仓库都存有橄榄球。因为当时几乎没有学校有橄榄球活动。经过多年的推广，现在我的目标改成带式橄榄球纳入每间学校的常规体育课内。"

叔叔睁大眼睛说着："我希望更多朋友加入橄榄球家族。在二〇一九年日本举办的橄榄球世界杯赛事，我希望入场观众坐满整个观众席。"

孩子不在意是带式橄榄球或橄榄球，都是用椭圆球，有没有扑搂对他们并不重要。

"学习带式橄榄球的孩子首先要认识橄榄球的乐趣，他日长大做父母的时候，也许与儿女讲橄榄球的故事，亦有人先打带式橄榄球后来转打橄榄球，更有机会成为日本代表。"

事实上，彩香是从带式橄榄球开始，登上了当今日本女子橄榄球代表之位。阳子也是从带式橄榄球转投到橄榄球，如今在日本代表队的青年部练习，作为下一年的代表候补而活跃。二〇一一年六月迎接十八岁生日的她，即将取得日本代表的资格。

“我会成为日本代表的，一定！”她停了搅拌红豆汤的匙子。

“当我十八岁就可以入选日本代表队。我盼望做日本代表，参加各种不同的比赛。”阳子害羞地笑。

一九九三年出生的阳子是著名学校横滨市立东高中二年级学生。穿着整齐校服，披上羊毛衫，左胸别上小小的金色的自由女神像。

“去年的这个时候，我盼望着十八岁生日来临，转眼已过一年……。我想应该努力积极锻炼体能做好准备，虽然我充满期望，但也有点焦虑不安。”

阳子有空时就会帮叔叔指导带式橄榄球。二〇一一年一月份，在家附近的入船公园陪同釜利谷球会球员练习，他们为全国大会预赛之南关东大会做准备而加紧操练。

从早上十点到下午五点，在刺骨的寒风环境中，阳子好几次给球员们示范，她说：“闻名不如见面嘛。”

阳子身手好灵巧敏捷，以传球方式改变进攻角度，然后在球场角落做达阵得分。有时冲破狭窄空位，加速突破冲刺；有时做变向侧跑闪避对方，瞬间判断下一个动作，全力向前奔跑。

做防守的时候，只看敌方腰部带条之下的位置。

“防守时，如果看到对方的脸，就会被对方迷惑分心。所以只能看着对方腰部。这道理对橄榄球扑搂也很重要。”阳子讲解防守要诀。

教导孩子们带式橄榄球的同时，自己也总学到新事物。一边教导一边学习。扑搂的基本窍门就是瞄准对方腰部以下然后毅然踏脚步作出准备，关键是把握那一瞬间的距离和时机。

教导孩子进攻时的跑法：“你持球的时候就要尽力去跑。”也教导“尽量自己去做达阵得分。”

“指导孩子的时候，经常也想起连自己也遗忘的基本功夫。

传球技术进步的时候，往往轻易传球给队友却没有自己积极去冲破防线的意识，可是，我指导带式橄榄球的时候，我就有意识到：持球的时候，尽力去跑才重要。”阳子呼吸一口，吃一口咸昆布继续说：“可以说我是从带式橄榄球出发的。”

你最擅长是哪一方面呢？阳子沉思一会说“短跑的加速。”

“在接到短距离的传球后即向对方防线的空隙跑过去而冲破防线，并不是接长距离的传球，而是接很短距离的传球冲过去。”

叔叔带着悠悠的眼神听着阳子的解说。毕竟是父女，当然是对女儿的成长感到高兴。是啊！是啊！在旁默默点了头好几次。

叔叔评论阳子的技术：“她接球后向空位冲入和突破那空位的速度不一样，是要在很短的距离内能改变几次奔跑速度，这就是所谓的 Change of Pace（改变速度），因此外面看起来阳子跑的速度比实际还要快。”

带式橄榄球要避免对手取掉自己的带条，技术高的队员因躲避技巧了得，对方无法接触到他身上的带条。带式橄榄球中，自然地学会刹那间精确的判断能力，极速地找出空位及应变地控制奔跑速度。

那么说来，像阳子一样由带式橄榄球训练出来的选手在橄榄球比赛中很少有正面受到扑搂的场面。带式橄榄球禁止碰撞，就算当传球后撞到对方也被视为犯规，因此带式橄榄球选手自然地学会控制身体而避免碰撞。

彩香以柔软灵巧的跑法做变向侧跑躲开对方，从独特的角度闪避扑搂。闲时彩香会找叔叔一起打带式橄榄球，这也许和阳子的目的一样，彩香要重新温习距离感和判断情况能力等基本功夫。

叔叔笑着解释："也许我太溺爱孩子了。"

"阳子平时与其他孩子一起打带式橄榄球，都是以带式橄榄球的动作为基础，打橄榄球的时候她的身手敏捷。人家常常赞美她的变向侧跑做得好漂亮，速度也好快，这一切全因她在带式橄榄球训练中培养出来的距离感，即找出空位并全力奔跑。"

叔叔补充说，阳子特别在精神、心态方面进步了。比赛时，她拥有宏观的视野来洞悉比赛情况，这是她能保持客观、冷静的心态才能做到的。

冷不防被叔叔这么一赞，阳子害羞得只好用匙子轻轻地搅动面前的红豆汤。

"我客观、冷静？也许吧。"对阳子来说，最渴望的是与日本代表队长彩香一起打七人橄榄球。

"我一直盼望着与彩香做搭档。自小开始一起互相支持、互相信赖。我可以放心地传球给她，彩香也安心地接我的传球。"理想越来越大，希望有天成为日本代表还要击败中国队。

当然更想代表日本进军二○一六年巴西里约热内卢奥运会。

其实，阳子是日本女子排球著名选手木村沙织的超级球迷，睡房里挂有用框子镶上木村签名的明信片，上面写着：

“致阳子小姐

请加油！

Japan 沙织”

有比赛的日子，阳子一定向这张明信片双手合十祷告，来增加自信。她手机里也存放着这激励士气的明信片相片。

“我想参与奥运会，届时可与木村沙织小姐一起进行开幕典礼仪式。”

为了达成这个愿望，阳子必须提高实力，成为日本代表。

“我希望参与各种不同的比赛而积累实战经验，能参与七人橄榄球的大规模赛事，就有机会与新西兰和澳大利亚等强队碰头比赛，如果不能击败中国队，绝对无法赢到别的强队。”

好兴奋啊！叔叔的眼睛带着笑容，好开心的样子。可是叔叔最关心的事还是普及橄榄球以及推广带式橄榄球。

目前，阳子与叔叔继续一起出席上门教学和各讲座会等推广带式橄榄球给几千、几万个孩子。如果我自己能入选为日本代表，那些孩子们一定会替我高兴，更加会爱上橄榄球。

还有，日本代表阳子和彩香她们去指导的话，课堂的孩子们会更加积极的学习。橄榄球之根便会不断向外生长。

“就算一个孩子也好，我希望传授带式橄榄球。认识带式橄榄球就是相当于认识橄榄球。”叔叔透露。

混杂父亲和女儿的理想，把他们的共同理想比喻成花朵，现在是播种和洒水的时期。

阳子曾经将父亲比喻说“树干”。

“我宁愿做树干。大树被砍伐之后剩下树干，新芽就会在周边长出。我喜欢新芽的生命力，多年后，就成为一棵粗壮的大树。”父亲撅着嘴说。

叔叔喜欢的花其实是蒲公英。

“它被路人践踏后生命力仍然好强，继续开花。它的种子随风散播，飘到四处，飘散到好远好远的地方。”

那么，将阳子比喻为花朵的话是什么花呢？

“阳子是向日葵。总是面对着太阳，不会面对着黑暗处。像她的名字一样，她像是太阳的孩子。”

叔叔提及阳子有感情好细腻，容易受伤。阳子就绷着脸反驳轻声道：“你知道我的什么？”

两碗白玉红豆汤都吃完了，昆布茶也喝光了，只剩下一点咸昆布。

父女之梦，普及带式橄榄球和进军奥运会。啊啊！父女沉醉在这幸福时光。

悲伤的离别

接到悲痛的消息。

智绘大姐去世了。

二〇一一年一月二十九日，星期六傍晚。彩香完成练习，回到横滨市鹤见区的老家洗澡；之后不久收到橄榄球队友传过来的手机信息。

“你是否已接到智绘大姐的事？也许等一下你会收到新闻报道，我想最好早一点通知你……。智绘大姐遭遇事故而去世了。”

彩香一瞬间不知到底是怎么一回事，看不明短信的内容，一直左手抓住黑色 iphone，重复看那条信息。遭事故而去世？到底是什么意思？

“我的头脑瞬间变得空白，不敢相信。智绘大姐怎么会死呢？有一阵子我心慌意乱，不知所措。”五分钟、十分钟……不知过了多久时间，终于能够慢慢呼吸，深深地呼吸！再次看短信！确认我特别喜欢的智绘大姐突然走了。

彩香还记得十七岁时，第一次成为 U23（二十三岁以下）的日本代表，当时担任副队长的智绘比彩香大六岁，智绘使彩香跟队友相处融洽。

智绘大姐给人的感觉总是很开朗、总是开玩笑、总是非常的温和。彩香好多回忆如幻灯片似地一幕一幕涌现在眼前，同时泪珠像雨水般地夺眶而出，悲不自胜。

智绘大姐，田中智绘逝世了，才二十八岁。一月二十九日上午九点半左右，她在京都市上京区市道上骑自行车，一轮停泊中的私家车男性司机突然打开车门，智绘来不及反应被他的车门撞至倒地，从后面驶过来的货车刹车不及，轧过倒地的智绘，她被送至医院后证实伤重死亡。

智绘在京都市立嘉乐中学橄榄球部做顾问，那天她正是在上学途中发生意外。

智绘在日本体育大学开始打橄榄球，本来是田径选手。根据记录，她首次以日本代表身份比赛是二〇〇七年十一月一日，在中国昆明举行的亚洲女子锦标赛的初战对哈萨克斯坦队的十五人橄榄球赛事。

在七人橄榄球中，智绘和彩香一起参与过于二〇〇六年三月的香港国际七人橄榄球赛；二〇〇八年十月的世界杯亚洲外围赛；二〇〇九年三月的阿拉伯联合酋长国迪拜举行的世界杯七人橄榄球赛。

智绘身高有一百六十六公分，体重六十二公斤。

“她是一个很认真的人，不管做什么，都认真去做，对人谦虚……。她是前辈，可是一点架子也没有，而且总是关心我。”彩香泣不成声地忆述着。

那年彩香十七岁，彩香到 U23 七人橄榄球日本代表集训，看到其余选手都比她大，心中泛起不安，最初跟她聊天的就是智绘。

当时的彩香一百六十四公分、五十三公斤。彩香回答自己有五十三公斤的时候，智绘发出奇声说“哇~，好苗条啊~。”

“智绘大姐有几公斤？”彩香问。

“六十二公斤啊。”智绘答。

“好肥啊！那么肥，却能跑。”因为智绘性格很豁达，后辈们也随便跟她开玩笑。

“如用颜色来比喻的话，她就是橙色，好温暖。她尊重我，让我容易融洽队伍，跟我非常要好。”彩香忆述。

二〇〇七年四月的亚洲七人橄榄球赛（多哈举行），彩香不顾一切，奋力拼尽去打，终于取得了队友们的信赖，被智绘说：“彩香是淘气鬼族成员，是傻瓜大学学生。”

智绘解释由来，傻瓜大学创始者是安杰拉·尔婷，教授是长谷大姐即长谷部直子，助教是智绘，彩香是学生。

“智绘大姐天生是作老师的料子，她经常关心我，比赛中我表现好的时候，她以认真的态度表扬我‘你的打法好精彩，教授也一定会给你很高的评价’，她表扬时很有幽默感。”

例如在其中一场比赛，彩香在受到扑搂而落地，随即起身，迅速把放下的球又捡起并夺取达阵得分，赛后智绘表扬说“你刚才全身沾满尘土的打法非常好啊。”

“智绘大姐是万能选手，技术并不突出，但她身体健壮，步速快，她球技水平以及她的性格都令人放心及信赖。她让周围的气氛变得欢欣和谐，前辈、后辈都喜爱她。”彩香从智绘那感受到团结的乐趣。

“有了智绘大姐的帮助我才能适应代表队的生活。之前我只顾自己，可是智绘大姐教我与大家融为一体而努力的乐趣。”

彩香的珍藏之一是亚洲七人橄榄球赛时大家一起写字的一件汗衫。浅蓝色袖子的白色汗衫。智绘用黑色油性笔写着：“我也要学习你坚定不移的态度，你做的 Try 好精彩。Chie（智绘）”

一月三十一日。

京都，为智绘设置的肃穆地守夜仪式举行。智绘的遗体上盖着日本代表队的橄榄球球衣。

数百名吊唁客人络绎不绝、远道而来。她教授过的中学学生也穿着校服跑来，当中有男生当场哭叫着：“老师～！”。

彩香亦伤心得不断流泪。

当晚，彩香从京都坐深夜巴士回横滨。从车窗望着夜幕低垂的黑夜，沉思着关于智绘生前的点滴，还有自己的将来。

彩香哽咽地说：“我还不能相信再也见不到智绘大姐的事实，我好想再和她一起打橄榄球。以后我要带着她的遗愿，身负日本代表精神去打好每一场比赛。”

彩香默然不语，她薄薄的嘴唇微微发抖，深深地叹一口气：“这么说也许很奇怪，可是，遇到困难的时候，我可以坚持下去，因为总觉得智绘大姐总是和我在一起。”

有相遇就有离别，人要克服悲痛！

11 月 23 日广州亚运会的最后一场比赛对赛新加坡结束后，彩香（左）和真理惠（右）紧紧握手。

向新时代开球！

二月某日，冬天寒冷的天空下。

彩香今年第一次参加带式橄榄球的上门教学。与叔叔、健太郎、步美一起到横滨市都筑区茅崎东小学推广。

这所已建校十年的学校，位于住宅区中，白色的校舍清新夺目，硬硬的沙地两边摆放着白色足球门框。

上午十点半左右，叔叔在约八十个小学三年级学生面前大声讲："早上好～。今天大家好幸运啊，因为女子日本代表队队长来了。"

好呀！好呀！掌声随即响起。孩子好天真，他们的目光一下子灿烂起来。与足球日本代表一样，橄榄球的日本代表也是孩子们倾慕的对象。

孩子们戴上红白帽子，红帽排列这边，白帽排列那边；准备橄榄球，带上蓝色、黄色、绿色等色彩鲜艳的带条；来一遍基本练习，发出大声的传球，持球手就全力向前跑！向前！尽情地跑。

彩香、健太郎、步美三个人与十个孩子们进行比赛，她们稍微出点力施压，三年级的孩子马上前掉，进攻方出错就交替攻守，变向侧跑来转换奔跑角度并找出空位，传球给健太郎。

"大家充满力量呢！"彩香笑着说。

"很有趣！小学生喜欢叔叔夸张的讲话。大家喊出'好传球''好得分'的声援。女生做达阵得分之后，她们互相拥抱、雀跃万分。”

其实，彩香暗中支援女生，特意让她们做到达阵得分。女生持球而跑过来的时候，彩香就“哎呀～”故意假装摔倒而让她跑过去。

“女生本来做得到，可是不够勇气去做。跑得快的女生也不够积极，所以接不到球。我希望女生多一点做达阵得分，让她们知道带式橄榄球是女孩子也可以享受的运动。”彩香解释说。

指导带式橄榄球的时候，自己也重新学到新东西。例如与对方的距离、找空位和时机的感觉、判断情况、发出声音的重要性……。

“可以说，缩小版橄榄球就是带式橄榄球。橄榄球打法有一些常规，例如这样的场面就要先组成起点等定式，可是带式橄榄球却没有，带式橄榄球的打法好自由。”

确实，孩子们喜欢任意跑，任意传球。每个人都不一样，每个人都有不同个性，有的孩子持球之后就会向前全力跑，有的孩子却往后跑；有些孩子动作很独特，有体型肥胖却跑得好快的女孩子。

彩香想起初志。

“当然，刚开始的时候，谁都打得差劲，所以需要一步一步去努力，我还希望大家要展现自己的特点和个性。”

二〇一一年四月份开始，带式橄榄球被选为小学的重点指导项目之一。这确实是橄榄球的一个转折点，可是却有另外一个问题，就是小学开始盛行带式橄榄球，但升到中学、高中却出现断层，球员们失去继续打橄榄球的机会。

“除了小学之外，中学和高中带式橄榄球并不是重点指导项目，没有太多中学开设带式橄榄球。小学生能以全国大会做目标，可是中学和高中生能参加的比赛却很少，球员容易失去目标，找不到乐趣。”虽然这样，但彩香仍感谢带式橄榄球和叔叔，所以彩香希望尽量去帮助叔叔，普及带式橄榄球。

彩香和阳子一起系上久违了的带条打起带式橄榄球来，希望借此能重新感受距离感和传球的判断力等基本功。

JR 大森站大厦二楼的咖啡馆，彩香一个人坐在狭窄的店内。上午刚在附近的健身室进行了艰苦的体能锻炼。先是进行了四十分钟的骑单车，再重复两次进行日本代表队个人锻炼的九个项目……，完成后的她已显露疲态。

吃一口三文治、喝一口奶茶，彩香抬起双手伸伸胳膊，颈脖子向左右摇动。用右手按摩左臂肌肉:“这边(左臂)发硬……。好痛!”

稍微歪着脸。

“好多人说我们需要加强体能训练，可是有些能力和技术是需要经过比赛才能学到。我想最好的方法是多点比赛，这也需要增加球员的人数。带式橄榄球也好，女子橄榄球也好，只有自己人之间进行比赛的话，战术运用便总是毫无进步，就算队伍胜出也总有池中无鱼虾自大的感觉。”

总括而言，彩香想多点大赛经验。毕竟，彩香的主要目的并不是单单普及带式橄榄球或女子橄榄球，而是要提高橄榄球的高体能和技术，这便要靠多做艰苦的练习，在地区赛事赢出，冲出国际，才能在国际赛中协会更多的比赛经验，提升日本队伍的实力水平。

作者问：“你的理想是什么？”

“是什么呢？首先要做亚洲第一吧。”

这应该算是目标，在亚洲胜出之后向世界飞翔。进军二〇一六年巴西里约热内卢奥运会。

“大家都说起奥运会，”彩香吐露真心话。

“我并不是只为了奥运会而打橄榄球，我最快乐的时刻是与伙伴们一起做刻苦练习的时候。时而鼓励，时而吵架，大家一起成长。”

彩香喜欢向着大目标与伙伴们一起去努力的时刻；喜欢与不同年代的伙伴们一起一步一步地攀登险峻的高峰。二十一岁的彩香重复着番话。

“这个想法即使在我退休做指导者之后也不会变。就算一个也好，与更多的伙伴们一起攀登高峰，好像大家追跑踢出去的一个球一样。”

伙伴们、友情的羁绊、团结……那么，彩香的梦想是否是女子橄榄球的发展？还是孩子们的笑容？踢到高空的椭圆球也许象征着“希望”。

来吧，真正的战斗即将开始。橄榄球少女的挑战将打开女子橄榄球的新一页。

大家一起开球！

卸下球衣的彩香，现展出少女情怀，笑容可掬。

结语

好像是童话般的故事。

横滨的工业区旁边的一个小公园，当时第一次接触橄榄球的女孩子终于穿上日本代表的樱花球衣。而且不仅是一个人，而是三个人。

这是为什么？这便是这次采访她们的主要目标话题。

她们的成功并不是偶然，那是因为有热情澎湃的叔叔——铃木雅夫先生。他为了橄榄球奉献一切，消防员通宵工作之后，一刻也没有休息便到横滨市内的小学上门教学，指导小学生们带式橄榄球；上门教学结束后，再到本地公园带孩子们做练习，当然这些都是自愿的教导。

叔叔教导时有时候会发火，有时候也会流泪。夺取全国带式橄榄球冠军的时候，叔叔更哇哇大哭起来。为什么呢？

“不是因为赢得冠军，只是看到孩子们的天真笑脸和旁边支持者兴高采烈的样子，眼泪就不由自主地流出来。”他害羞地回答。

最令叔叔洋洋得意的学生就是“奇迹少女”彩香。她就是这本书的主人公，铃木彩香小姐，是一位美丽的大学生。

普罗大众对于橄榄球的印象是“辛苦、脏污、危险”的粗鲁运动。作者也曾经打过橄榄球，并且认为橄榄球是健壮男士才做的运动。可是彩香小姐以清新爽朗、自由地奔跑来的形象抹去了那些负面印象。

彩香小姐拥有奇妙的魅力，她一持球，周围就会出现“异空间”。

她语气有点粗鲁，目光却带有坚定意志。作者第一次与她倾谈是五年前，当时她是中学二年级的学生。

时光飞逝，女子七人橄榄球也被列为奥运会的正式项目，彩香已成为日本代表的主力选手。看到她全神贯注的态度和平时刻苦的训练，作为目击者，很想把她的青葱岁月、为橄榄球的奋斗历程记录下来。

“三・一一”大震灾之后，日本全国陷入伤痛悲哀中。一想起灾民就心痛，无法以语言表达。可是，明天一定会来，看到在瓦砾堆积的公园玩的小孩子的笑脸，就想把将来的希望交托给他们。

“我唯一能做到的就是打橄榄球，没有别的，我想为了大家全力去打。”彩香小姐这么说。

橄榄球少女积极阳光的作风能够鼓励大家的话多么好，我们不能输给命运。我希望，就算一个人也好，遇到困难的时候，更多的人会像彩香小姐一样抱着积极的心态去面对。

在此衷心感谢彩香小姐、铃木雅夫先生、日本协会女子委员长岸田则子小姐以及女子日本代表选手们耐心地陪着我既执着又拙劣地做了几次采访，还要感谢彩香小姐的父亲铃木英夫先生、哥哥铃木勇毅先生以及横滨汐入有关人士的协助。另外，更感谢小学馆出版社彦坂淳先生的帮助。多谢大家！

二〇一一年五月 松濑学

作者　松濑学

纪实文学作者。活跃于早稻田大学橄榄球部。

一九八三年大学毕业后，曾任职共同通信社，担任职业棒球、相扑、奥运会等的体育记者工作，二〇〇二年辞职，成为纪实文学作者。著作有《污垢的金牌》（文艺春秋社）、《早稻田橄榄球再生计划》（新潮社）、《宇津木妙子·丽华故事》、《武士心魂，上野由岐子》（倶集英社）、《斗牛》（光文社）等多著作。

翻译者结语

大家好！我是这本书的翻译者，出生于日本埼玉县，在日本读书、长大，是土生土长的日本人，大学毕业后到北京留学。我现于香港一家私人贸易公司工作。

我与橄榄球结缘于中学时代。一九七〇年父亲在埼玉县开了一所补习学校，他在数年后与一群学生和毕业生成立了一支橄榄球队，我当然亦是该球队的成员之一。

我来了香港后仍继续打橄榄球，后来结婚生子（一男一女）；当儿子四岁时我们加入香港一支橄榄球队——灵猴小型橄榄球会，为什么是“我们”？因为我自己也加入球会当起义务教练来，与小朋友们一起玩，一起成长。

二〇一〇年三月，我与铃木雅夫先生在香港国际七人橄榄球赛举行期间初次见面，当时我根本不知道铃木先生的经历，以为他只是一位橄榄球球迷，所以只是“他乡遇故知”的浅谈一番。

二〇一一年年底，我们一家回日本埼玉县的老家过元旦，有一天，我去老家附近的一家大型书店，看到这本《橄榄球少女 恋上椭圆球》，才知道铃木先生和一群少女们的故事。当时我买了书后，完全投入这本书的故事里，深深地被少女们的奋斗史感动，但那时仍没有想过把它翻译成中文，看完之后一直搁在书架上。

我很喜欢画漫画，特别喜欢画打橄榄球的场面，只是随随便便用铅笔或圆珠笔画在废纸空白地方。二〇一二年，我参加了香港小型橄榄球总会举办的一个教练培训班，我把课程内容中的练习方法和重点用漫画记录在笔记本上，那时一起参加培训的几位家长教练看到我的画册子就说想要副本。他们说：“以后教小朋友时可以作参考。”这番话给我一个启发，其实每次练习时如何提供孩子们既有益又有意思的练习方法很令人费煞思量，如果每次重覆复一样的练习，孩子们很快就会厌腻。如果能像烹饪书那样，图文并茂，介绍各种不同的练习方法及重点的话，就能够帮助教练容易构思每项练习，而孩子们亦可透过漫画形式生动有趣地明白教练的意思。因此我开始以漫画和文章整理各种练习方法的资料，并透过网站介绍给朋友们欣赏。

铃木先生看过后，他给我这个资料起了个别名，叫“Rugby Recipe”（橄榄球食谱）。在写作橄榄球食谱时，我特别请铃木先生协力监制及指导内容，所以每项练习都是基于铃木先生的橄榄球哲学来建构的。铃木橄榄球哲学的根本就是“向空位跑、互相沟通、支援队友”。了解后和尚未了解这些哲学的教练和球员，在做同样练习时出来的效果，都会有天壤之别。这本书的主角彩香、真理惠、阳子等橄榄球少女们也从这些哲学得来启发，这哲学能帮助她们登上日本代表之位，她们就是展现铃木哲学的好榜样。

我想如果大家接触她们的故事，就会更了解橄榄球的奥秘。因此我开始着手翻译这本书。我希望透过这本书，令更多的小朋友会喜欢打橄榄球或带式橄榄球，又希望更多的教练得到启发，教导孩子时用作参考。

本书还介绍了铃木先生过往访问小学进行出前授业上门教学时，提供给老师们的教材《大家的带式橄榄球》。这教材除了详细说明带式橄榄球的玩法之外，还会使读者更加了解铃木先生的橄榄球哲学。

这次我花了半年时间翻译，但由于我的中文能力有限，故需要专业人士来支援。

幸好，我幸运地得到两位好友的帮助——张太（Mrs. Cheung）及何太（Mrs. Ho）。

张太在过去的四个月，每个周末都来我家一起将文章逐句、逐句地抄写，何太为使文章更为通顺，每天在下班后校对至深夜。没有这两位的帮助，我根本无法做出大家能看懂的中译本。借此表示衷心的谢意。

还要感谢很多好朋友；

感谢香港灵猴小型橄榄球会，特别是周氏夫妻提供的宝贵相片。

感谢香港摄影师 Takumi Photography 以及香港女子橄榄球代表岑惠心提供精彩的相片。

感谢本书原作者松濑先生给我翻译及出版的机会。

感谢小学馆彦坂先生提供许多相片以及指导处理版权方面的手续。

感谢铃木雅夫先生一直以来的指导、提供很多珍贵的相片。

当然，更要感谢彩香小姐、真理惠小姐、阳子小姐以及书中提及的各位人士，特别鸣谢彩香小姐提供一些补充内容。

还要感谢我的太太玲玲、儿子亮太郎和女儿明香，周末我在家的大部分时间都对着电脑做翻译，忽略了他们，他们不单没有投诉，更表现出无比的谅解。儿子亮太郎更帮忙检查文章，令我倍感安慰！

最后，我很想感谢所有读者，读到最后。看完这本书的你，有否想过拿起橄榄球一起打？还是想打带式橄榄球？

来吧，大家一起玩橄榄球。也许你就是彩香的接班人。

二〇一六年五月 植松由太

附 录

大家的带式橄榄球

让我们爱上运动，提升球类运动的意识！

横滨市立小学体育课程上门教学用教材

铃木雅夫 监制

植松由太 译

植松由太 绘制

刘成龙 陶岩 审校

前 言

致老师们：

虽然带式橄榄球的规则和练习方法都在讲座中谈过，但你可能还会为不知如何在体育课堂上给学生们解释而感到困惑。

这本小册子是针对未有带式橄榄球经验的老师和学生而写的，内容是从一群实战带式橄榄球的学生所得出的体验、理论而总结出来的。其主要目的绝对不是教你如何提高竞赛能力来胜出比赛，而是要让孩子们爱上运动或提升对球类运动的意识。

什么是带式橄榄球?

关于带式橄榄球……

1 老师和学生们都要愉快地享受当中的乐趣，否则就不能继续打下去！

带式橄榄球是十分简单的运动，重点是通过这项运动令老师和学生一起思考。

带式橄榄球不像篮球只可用手运球，不像足球只可用脚去踢，

不像棒球要用辅助球具去打球，也不像乒乓球和网球因球型细小而令运动员需要敏捷的身手。带式橄榄球只要拿着球，在带条被抢去之前全力跑就可以了，就是这么简单的运动。

这运动不单只是设计给小朋友玩，连大人都可以认真玩。

老师和学生比赛时，老师尽力跑去达阵得分的时候，如果学生们在旁大声说：“老师，你好像小朋友～！”，那就证明学生们开始投入带式橄榄球。

2 球类运动中最重要的重点——传球。

首先，不是先教学生们如何传球，而是要教他们为什么要传球、什么时候要传球。

①当持球的时候，首先要想如何表现自己。

当持球时，不要轻易地（或立即）传球给别人！谁都想成为英雄或女英雄，在被抢掉带条之前，一步也好，都要向前跑。

当你持球的时候，你便是英雄／女英雄。

②自己无法进攻的时候就需要传球!

把球传给队友的时候，同时亦是把得分机会传给队友。

若被对方取掉带条后，需三步之内传球。

被取掉五次带条后，要互换攻守（按照人数或场地大小可以调整）。

“自己的带条被取掉，给队友一个机会！”利用自己的带条被对方取掉来减少对方的防守人数。因对方球员在取掉你的带条后必须亲手交还带条给你，他／她才能继续参加比赛，这样对方便少了一个防守球员。

取掉对方的带条时，要即时举起带条并大声叫“TAG！”

取掉对方的带条时，不可将带条丢掉，必须亲手还给球员，还带条后你才能继续参与赛事。

两边贴上带条的球员才能接球，任何一边彩带没贴好便接球就是犯规。

当你持球的时候，前面没有人阻挠但你选择传球给队友的话，代表你放弃自己争取达阵的机会。

对方取掉自己的带条时，同时会为队友带来另一达阵的机会。

③**“传球”是要传一个你的队友能接到的球，这才能称作传球**。

传一个你的队友无法接的球，等于欺负跑上来接球的队友，这是球类运动中绝对不容许、最差劣的行为，这样的传球称作“刁难传球”。

掷向近距离队友前面（棒球式传球）。

未看清楚队友位置而不负责任地把球传出去。

④负责接球的人要跑近传球的队友，即跑到持球者可以传球给你的范围内。

你站在队友无法传球的位置同样等于欺负他，虽然你是站在球场上，这等同于你没参与比赛一样。

站在持球者传不到球的位置是不合情理的。

3 规则

接触一种新运动的时候，最重要的是了解规则。

也许你会觉得自己打得不理想是“因为规则太复杂”而犯规，导致你失去对那项运动的兴趣，其实老师们刚开始的时候也有同样的想法。

・有的孩子会因为懂得其他运动而感到自豪，所以会想：

我会……，所以带式橄榄球打得不好我也不在乎！

・有的孩子会因为平时缺乏运动，有些认为自己不擅长球类运动，所以害怕。这样的孩子们会想：

→因为规则复杂、太多而记不住，所以不喜欢。

→太在意遵守规则而不能够放胆去玩，反应不了，总是觉得自己落后于人。

尽量避免使用专用词。例如："越位"等专用词。

主要的 4 个规则（只要记住 4 个规则就可以比赛。带式橄榄球的规则比篮球和足球少很多！）

①掉球就是犯规（正确地说，就是向前掉球）

橄榄球专用词就是 Knock-on。

带式橄榄球用的是鸡蛋似的球。如果把鸡蛋掉在地上，鸡蛋就会破。

记住"鸡蛋式传球"！小心用双手从下面扔出去。

要小心翼翼地把球抱好——传球的重要性。

原则上，向着进攻方向，把球掉在前面就是 Knock-on（掉球）。

规则①掉球（Knock-on）就是犯规。

②碰撞就是犯规

橄榄球专用词是：Tackle？不是，是叫做 Barging(冲撞)。

·带式橄榄球的英文是 Tag Rugby，“Tag”有“捉迷藏”的意思。所以带式橄榄球是“捉迷藏”的橄榄球的意思。

·玩捉迷藏的时候，不可以撞到别人！

·带式橄榄球不允许碰撞对方。

·老师们要好好教学生们不可以碰撞！

带式橄榄球是没有扑搂的橄榄球。

指导者要大声指导来避免有人犯规。

“不要跑到人多的地方，很危险！”

“要跑到没有人的空位”

“要传球给前面没有对方防守的队友”

规则②碰撞（Barging）就是犯规。

注意， 以下行为也是犯规：

a. 持球者用手推开防守方的手。

b. 抓住对方身体任何部位。

③不可以向前传球（向前传球是犯规）

橄榄球专用词：Forward Pass。

· 这规则对孩子来说也许是第一次接触的。

·“向前”的意思是指自己进攻的方向，即是向着对方的阵地。带式橄榄球向前传球是犯规的，这与一般我们认识的球类运动有所分别，因其他球类运动都是可以向前传球的！

·有的球员（特别是跑得很快的男球员）在比赛期间会跑在持球者前面，但是这样的话就不能接球给他，否则便是 Forward Pass。

·老师让他们思考如果他们超越持球者的时候，应该怎么做才能接球！

规则③向前传球（Forward Pass）就是犯规。

经常发生的例子……正当拿着球的女孩子向前跑时，后面有男队友跑得快而越过她，碰巧女孩子被取掉带条时，男队友却不自觉地跑到前面并要求传球，这时候若女孩子传球给他便属于犯规。

由于女孩子被“跑得快又多次得分”的男队友要求传球，而她又情急下传球给他，这时便犯规了，男队友事后竟责骂女孩子，但事实上错不在她，而是男队友。

教你一个绝对不会犯向前传球的技巧（初学者用）！

“当你被拿去带条的时候，只要把身体转去后面（己方达阵得分线），你就会看到可以传球的队友！就是这么简单！”

被拿去带条的时候，转身向后就可以了。

比赛时，裁判要出声指导来避免犯规发生。

持球者被拿去带条的时候，裁判马上要叫“来！传球，传球”。

“传球给后面的人~！转身向后传球~！”

④越位就是犯规

橄榄球的专用词：Off–side(越位)。

很多人以为越位的定义很难理解，其实很简单！有人站在阻挡对方传球的位置就是越位。

这么一想，“啊！任何球员只要阻挡对方球员传球进攻，都是犯规”。

规则④越位（Off-side）就是犯规。

老师们要强调这对女孩子来说是很有利的规则。

“足球也好，篮球也好，特别是男孩子会插进来阻挡传球。可是，带式橄榄球便不能这样做了。所以当你被拿去带条时，你就可以放心传球，队友也可以放心地接球！”

挡住对方传球，或挡住对方接球也是犯规。

经常发生的越位犯规的例子，就是有人站在阻挡对方传球的位置；就算所站位置没有阻挡对方传球，但站在接球者的旁边，趁对方接球时拿去他的带条，这都算犯规，并称为“埋伏取带条”，所以不要做出这种行为。

不可以做“埋伏取带条”。

比赛时，裁判要出声指导来避免犯规发生。

持球者被拿去带条的时候，裁判要说出“来，防守方不可以阻挡传球！”“给对方传球和接球！”

4 来，终于开始比赛!

①作记录

除了得分数之外，还要作个人的记录。

达阵得分（Try）——拿着球并跑过得分线再把球放在地上便可达阵得分。若过了得分线后却在途中掉落或扔掉球的话，鸡蛋会破，就是失误，得分无效。另外，达阵时禁止摔倒在地上得分，是要双脚都踏入在达阵区然后用双手把球放在极阵地上。

危险，会破坏带条。

助攻（Assist）——用传球来协助进攻，最后持球队友达阵得分；把整个得分过程的接球及传球的所有队友都要记录下来。例如：球员 A 做达阵得分，球员 A 是从球员 B 接了球，球员 B 是从球员 C 接了球，球员 C 是从球员 D 接了球。做记录的时候要写球员 A 得分，球员 B、C、D 助攻。

因为有了队友的助攻，所以你才能达阵得分。

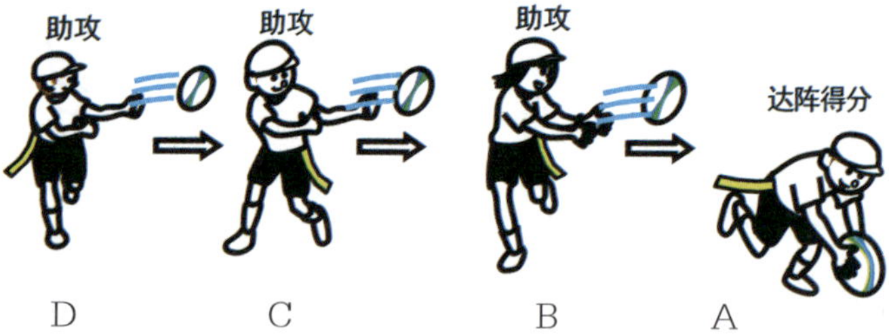

要自己报告记录达阵得分的球员及助攻队友。

记分员：“谁做达阵得分！？”

球员：“是！○○！”……要有自信地大声说出来！

记分员：“谁做助攻！？”

球员：“△△！”“□□！”“××！”

②担任裁判！

除了老师可单独担任裁判，还可从未有出场比赛的队伍中选出3～4个学生，跟他们一起担任裁判，进行更加公正的判决。

孩子们都喜欢指出人家犯规及错处！——让孩子们发挥这种能力。

有了裁判从旁的指导，孩子们就会进行更安全正确的比赛。

裁判要留意，他的主要任务并不是指出犯规，而是预防犯规发生。

担任裁判。

③组织球队

・组织球队，选出队长。

・选出替补球员——定出替换方式……如什么时间替换，或上下半场等。

・决定作战——谁来开球，向哪个方向进攻等。

・进行练习——以队长为中心进行传球，拿去带条等。

·检讨——用记录表来检讨球队做得好及需要改善的内容。

可以大家轮流担任队长。

让大家体验领导性、协调精神、独立自主的精神。

班里面一定会有人认为“我不会做队长！”可是，队长的主要工作并不是在比赛时如何突出自己表现，而是带领球队、帮助队友们走向胜利之路。

队友犯错的时候，队长要跟他说“没关系！没关系！下次做好就行”。

队友摔倒时，队长跑过来说“振作点！没有你，我们就不会赢啊！”等等鼓励的话。

谁都可以担任队长！老师可以安排每次课程时选出不同的学生做队长。

④来吧，开球……！

其实带式橄榄球有多种开球方式，我在这里先介绍其中一种。

假如队伍是男女子混合的话，一定要由女孩子接第一个传球，而且所有女孩子都要大声要求接球。

带式橄榄球没有男女、年龄的区别，大家可以愉快地、容易地及尽情地参与。这就是带式橄榄球！

让新人或小朋友享有特别待遇的规则。

如有新人或小朋友球员参加的话，我们会给他们享有一些特别待遇。他们抱着球跑的时候，对方需要取掉他两边的带条，持球者才需要传球给队友。因为一人只能取掉一边带条，因此新人或小朋友必须要用两个防守去应付。

小朋友也可以一起玩！

5 防守的技巧！

①站在对方的面前挡住，进攻球员不可以碰撞防守球员。

·持球者无论跑得多快，当对方在面前挡住时，都必须减速或停下来。

进攻球员如前面被挡住有 5 个选择。

向左、右或后面躲避，或是向左、右传球。

进攻球员要瞬间作出判断并立即行动。

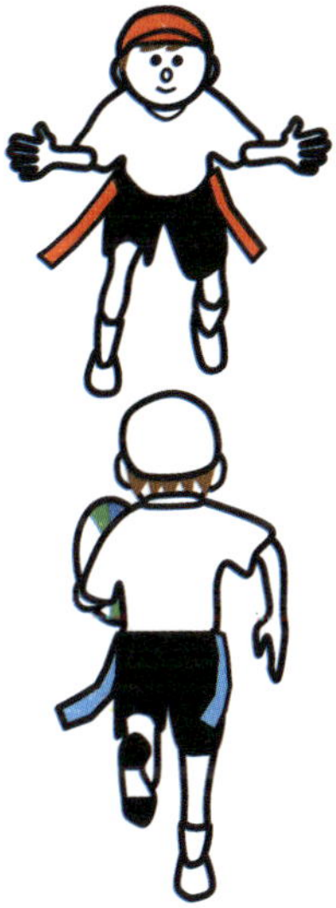

“挡住”的意思：
防守方总是要移动身体到可以挡住持球者前面的位置，这样可以避免犯规（越位 / 阻挡传球）。这就是“挡住”的意思。

②带条在腰部——做好拿去带条的姿势。

如你做防守时站立的话，你的脸就会与对方的脸一样的高度，拿走带条便不容易。

双方的脸更会产生碰撞而受伤，好危险。

那么，我们应怎样做好防守呢？

首先，将自己的视线瞄准对方腰部以下，好像令自己的前额贴近对方腰部的带条位置的感觉，同时跨出一脚并伸出双手，这样不仅容易取去对方带条，而且减低了头部碰撞的机会！

③要举起双手（Hands up）——不知什么原因，日本橄榄球协会曾禁止举起双手。他们认为做这个姿势会增加碰撞机会。

以前横滨的比赛上，因为有这“禁止举起双手”规则，每次都会有 50 多人遭戳伤手指，引致骨折。可是后来全面实施“举起双手”之后，每次比赛的受伤人数大减到 10 人以下。

这是很显著的效果。

·准备拿去带条的时候，身体向前弯并把双手举起到眼睛和肩膀的位置，保持这姿势向前跑并伸手拿带条。

·如果对方突然转变跑的方向，向自己冲击的时候，也可以用双手挡住他。

做出准备起跑的姿势和举起双手（Hands up）。

在带式橄榄球比赛中，进攻一方意外地或故意地向你冲过来，你可以用双手挡住对方来保护自己。

当对方向你冲过来时，你可以用双手挡住进攻一方来保护自己。

④施压——无论跑得怎么快的进攻球员在刚起步时，即是在还未加速的时候，防守方就较容易拿去对方的带条！

要看准对方的传球，跑到接球手前面施压。比赛中决定胜败的关键就是防守。

在对手接球之前，要向前施压。

留在原地等着防守的话，会对进攻球员有利。

近年来，我观察到参加全国比赛的高水平球队都花大部分时间做进攻练习，进攻技巧确有明显的进步。可是却疏忽了防守练习的重要性，欠缺拿去带条的熟练姿势技巧和缺乏发生冲撞时的保护措施就去参加比赛，因此受伤的情况也比较多。

怎样拿去带条对带式橄榄球来说是最重要的，如果忽略这种训练，便无法确保带式橄榄球的安全性。

遵守上述的4条防守项目，我们才能安全又愉快地打带式橄榄球！

想玩带式橄榄球，可是没有工具。怎么办？

可以用其他东西代替！

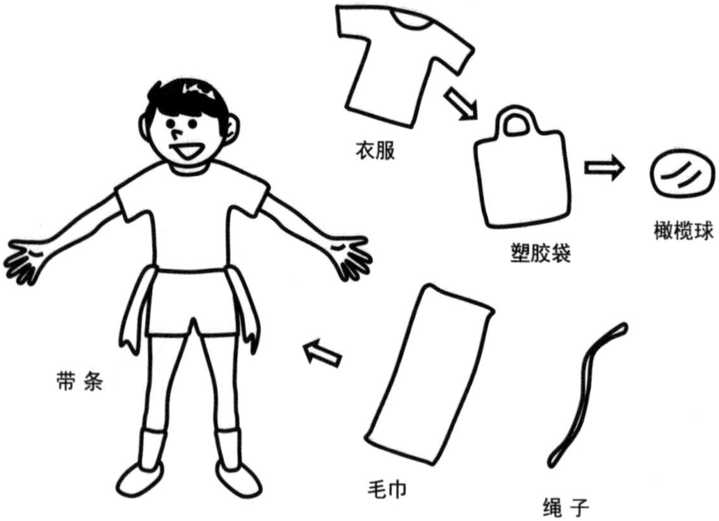

6 带式橄榄球达阵及助攻得分表

记分员会于比赛期间以“正”字记录球员的达阵及助攻数目，

比赛结束后便会公布谁是达阵王和助攻王。橄榄球世界除了重视达阵外，助攻亦是非常重要的环节，所以在宣布达阵王之后便会公布助攻王。最后宣布 MVP（最优秀选手）。除以分数选出 MVP 外，还会选出最佳表现、最有进步及特别功劳的球员为 MVP。

带式橄榄球达阵及助攻得分表

日期：　年　月　日　球队名:　　　带条颜色：　　色

姓名	达阵（Try）			助攻（Assist）			综合 MVP
		分数	名次		分数	名次	
1. 队长:							
2.							
3.							
4.							
5.							
6.							
7.							

（赛果）

第一场　　第二场　　第三场

第四场　　第五场　　第六场

备注：

记录例子：以“正”字记录每位球员的达阵数及助攻数，比赛结束后还要把达阵和助攻的名次数加起来，记在综合 MVP 栏。综合栏分数最少的球员为 MVP。达阵及助攻都表现好的球员才能获得 MVP。下面记分表显示：达阵王是 Zeyu，助攻王是 Richard，综合 MVP 则是 Louis。

带式橄榄球达阵及助攻得分表

日期：20×× 年 ○○ 月 △△ 日　球队名：火箭队　带条颜色：红 色

姓名	达阵（Try）			助攻(Assist)			综合
		分数	名次		分数	名次	MVP
1. 队长：Nicholas	正 一	6	3	正	5	4	7
2. Richard	下	3	7	正 正 一	11	1	8
3. Louis	正 丁	7	2	正 丁	7	3	5
4. Herbert	止	4	6	正	5	4	10
5. Kobe	正	5	4	止	4	6	10
6. Aiken	正	5	4	正 正	10	2	6
7. Zeyu	正 下	8	1	下	3	7	8

（赛果）

场次	火箭队	对手	对手得分
第一场	8	老虎队	8
第二场	6	老鹰队	9
第三场	8	帅哥队	6
第四场	5	闪电队	8
第五场	7	狮子队	4
第六场	4	猎豹队	3

备注：达阵王：Zeyu(8)，助攻王：Richard(11)，MVP：Louis(5)。

今天大家非常努力，但有的球员喊叫声不够大，希望下次再喊大声点！